「将軍、この人の服を剥いちゃってください！」
「おうよ、まかせろ！」
療養中の近衛を
徹底的に治療します！

雨妹、近衛の食堂に潜入!!
お勧めの湯《タン》に、甘辛く煮込んだ肉が詰まった包子《パオズ》が
つけばもうお腹いっぱいになるだろう。
立勇はこれにさらに肉炒めを追加している。
さすが男所帯の食堂なだけあり、
お勧めが肉々しい。
百花宮のお掃除係 5
HYAKKAKYU NO OSOUJIGAKARI
転生した新米宮女、後宮のお悩み解決します。

百花宮のお掃除係 5

HYAKKAKYU NO OSOUJIGAKARI

転生した新米宮女、後宮のお悩み解決します。

黒辺あゆみ

イラスト しのとうこ

口絵・本文イラスト
しのとうこ

装丁
AFTERGLOW

目《もくじ》次

人物紹介

張雨妹　チャン・ユイメイ

看護師だった記憶をもつ元日本人。
生前は華流ドラマにハマっており、
せっかくならリアル後宮ライフを体験したい
という野次馬魂で後宮入り。
辺境の尼寺で育てられていた際に、
自分が現皇帝の娘であるという出生の
秘密を聞かされるが、眉唾と思っていた。
おやつに釣られやすい。

劉明賢　リュウ・メイシェン

崔国の太子殿下。雨妹に大事な
姫の命を救われた恩もあったが、
最近は個人的にも気になって
動向を観察している。
雨妹の好きそうなおやつを見繕うのが
楽しくなってきた。

王立彬　ワン・リビン

またの名を王立《リー》勇《ヨン》という。
明賢に仕える近衛兼宦官で、
近衛のときは立勇、宦官のときは立彬と
名乗って使い分けている。
周囲には双子ということにしている。
権力や地位に興味を示さず気ままに後宮
生活を楽しんでいる雨妹を気に入っている。

陳子良　チェン・ジリャン

後宮の医局付きの宦官医師。
医療の知識も豊富で、頼りになる存在。
雨妹の知識の多さに驚き、
ただの宮女ではないと知りつつも
お茶飲み友達として接してくれている。

鈴鈴　リンリン

明賢の妃嬪である江《ジャン》貴妃に
付いている宮女。
小動物のように可愛らしい。
田舎から出てきた宮女で雨妹よりも
先輩にあたるが、雨妹が手荒れを治す軟膏や
化粧水を作ってくれてからというもの、
後輩のように懐いてきてくれる。

劉志偉　リュウ・シエイ

雨妹の父であり、崔国の皇帝陛下。
かつては武力に長けた君主として
人気を誇っていた。雨妹の母を後宮から
追放することになった事件をきっかけに
その威光を失いつつあったが、
雨妹が後宮入りした頃から英気を取り戻す。

路美娜　ル・メイナ

台所番を務める恰幅の良い宮女。
雨妹によくおやつを作って
持たせてくれる
神様のような存在。

楊玉玲　ヤン・ユリン

後宮の宮女たちをまとめる女官。
雨妹の目と髪の色を見た瞬間に
雨妹の出自に気づき、以降、
それとなく気にしてくれている
面倒見のいい姉御。

序章　百花宮《ひゃっかきゅう》の秋

早いもので、季節は秋に移り変わろうとしている。

「秋の空は綺麗《きれい》でいいなぁ～」

雨妹《ユイメイ》はそう呟《つぶや》きながら、掃除の手を止めてすっかり秋模様になっている青空を見上げた。

秋の空は青い色が澄んでいて、流れゆく雲も不思議な形をしていたりして、見ていて癒されるものだ。

そんな雨妹は黄《ホアン》家のお家騒動に巻き込まれたり、海賊退治をしたりした佳《カイ》から、百花宮へと戻って来てしばらく、土産配りだとか土産話だとかで引っ張りだこだった。

雨妹はお偉いさんの下働き要員として佳に滞在していたという話になっているが、なにせ閉ざされた空間である百花宮なので、外の真新しい情報はこの上ない娯楽なのだ。

佳とはどのような場所だったのかとか、海の男はどのような者なのかとか、宮女たちの興味は多岐にわたった。逞《たくま》しい男が好きな宮女などは海の男に憧《あこが》れを持ったらしく、「いつかこの目で見てみたい」などと呟いていたものだ。

けれど時が過ぎればそんな騒ぎも落ち着き、雨妹はいつもの掃除係の生活に戻っていた。

そしてもうじき中秋節、前世の日本で言うところの中秋の名月がやって来る。

――今年の中秋節は、賑《にぎ》やかに過ごせるといいなぁ。

雨妹はそう願うものの、都での中秋節の過ごし方を知らない。もしかして静かにひっそり過ごすのが風流だという事になっていたらどうしよう？　などと心配してしまう。

なにしろ静かでひっそりとした中秋節なんて、これまで飽きるほど過ごしてきたのだから。

雨妹が暮らしていた辺境付近の地域では、中秋節に月餅《げっぺい》という菓子を食べる習慣があった。

月餅は前世で日本でも売られていた菓子で、よく知っているのは掌《てのひら》に載る程度の大きさである。けれど辺境で作っていた月餅は、まるでホールケーキのような大きさだった。それを里の女衆が集まって作ってから各家庭へと配り、家々で切り分けて食べていたのだ。

――けどアレ、いつも私の分までなかったんだよね……。

そう、辺境の里の一番端にある雨妹宅に来るまでに、毎年恒例のように月餅は無くなってしまっていたのだ。というか、月餅作りに誘われたこともなかった。

ならばと自ら参加しに作業場になっている家を訪ねても、「家族のない者が来る場所じゃない」と言われて追い返される始末。でも作業には独り者も参加していたので、家族云々《うんぬん》というのはこじつけだろう。貧しくて他の里との行き来が滅多にない里だったので、雨妹のような余所者《よそもの》に厳しかったのである。

それに単身にこんな大きな月餅は要らないはずだと思われたのだろう。

――確かに、一人しかいないのにホールケーキサイズはもったいないんだろうけどさぁ！

仲が良い友人でもいれば、大きな月餅でも分け合って食べられるのだろうが、生憎《あいにく》雨妹にそのような相手はいなかったし、誰も自分の取り分を削ってまで雨妹に月餅を与えようという親切心を発揮しなかった。

　雨妹はそれがあまりに悔しかったので、ここ数年は自力で月餅を作っていたが、材料不足から常に一発本番なのも相まって、未《いま》だ満足な月餅を作れていない。月餅作りは奥が深いのだ。

　それに一人で食べる月餅は、なんとなく美味《おい》しさが減っている気がしていた。やはりこうした催し事にまつわる菓子は、大勢でお喋《しゃべ》りしながら食べるのが美味しいのだ。

　なので都に出てきて初めての中秋節は、どう過ごせるのかと想像していたりする。

　そのようなことを考えつつ掃除を終えた雨妹は、掃除道具を片付けてから宿舎へ戻るのだが。

「ややあ、留守番ご苦労様♪」

　帰ろうとしている雨妹が話しかけているのは、実は人ではない。相手は三輪車である。

　そう、黄家からの贈り物だ。

　雨妹の体格に合わせて作られた三輪車が、先日やっと送られてきたのだ。

　この一台だけだと他の宮女から苦情が出ただろうが、黄家からは利民《リミン》の厚意で、予定よりも多めに三輪車を贈られているため、今のところそこまでの不満が出ていない。

　――私だけ新しいのを貰《もら》うと僻《ひが》まれるって、利民様はわかっていたのかも。

　一見ガサツに見えて、なかなかに気の利く男である。

　なので他の宮女はそれを共用しているし、便利だとわかれば後宮で購入して数を増やしてくれるそうだ。

そしてこの三輪車を一番喜んでいるのは、おそらくは太子であろう。

三輪車が到着してすぐ、雨妹は「三輪車の乗り方を教える」という名目で太子宮に呼ばれ、実際に乗って見せたのだが、その時の太子はまるで新しいおもちゃを買ってもらった幼児のように見えたものだ。

「すごい、すごいな、これは面白い、それに軒車《けんしゃ》よりもずっと気分がいい！」

そう言ってどこまでも三輪車を走らせる太子を、立彬《リビン》が懸命に追いかけていた。護衛を放っていくのは、太子として駄目だろう。

――これ、余計なものを太子殿下にあげちゃったかも？

雨妹は不安になったものの、そのあたりをなんとかするのは立彬の仕事だろう。

でも今度、仲良くしてくれている台所番の美娜《メイナ》お手製麻花《マーホア》でも差し入れてやろう、と思う雨妹だった。

そんなことを思い出しながら、宿舎にまで戻ると。

「あ、おぉ〜い阿妹《アメイ》！」

椅子代わりのゴツゴツした石に座っていた美娜が声をかけてきた。夕食の仕込みの合間の休憩をしているのだろう。

「美娜さん、お疲れ様です！」

「あいよ、お疲れさん。阿妹は今終わりかい？」

挨拶《あいさつ》をした雨妹は、美娜に隣の石をポンポンと叩《たた》かれたので、そこへ座った。

「そうなんです、そろそろ落ち葉が嵩張《かさば》ってきて、外掃除が大変です」

そしてそんな愚痴を零《こぼ》す。

落ち葉はまだパラパラとしか落ちて来ないので、量としてはさほどでもないのだが、このパラパラと落ちるのが延々と続くのでちっとも綺麗にならず、掃除が終わらなくて嫌なのだ。いっそドサッと一気に落ちてくれたら、一気に掃いてしまえて終われるのだが。

――いや、それはそれで落ち葉運びが大変か。

つまり、掃除に楽な道はないということだろう。

「ま、秋に落ち葉はつきものさね」

美娜はそう言うと、雨妹の肩を叩いて笑ってから、「ところで」と話を変えてきた。

「阿妹、中秋節はどうするんだい？」

「なんです？　一体」

先程まで気にしていたことを尋ねられ、雨妹は目を丸くする。

この雨妹の反応に、美娜は「おや、誰からも聞いてないかい？」と首を捻《ひね》る。

「中秋節のお供え物さ。いつも皆でそれぞれ作ったのを持ち寄って、外に卓を並べて月を見ながら食べるんだよ」

「そうなんですか⁉」

この美娜の話に、雨妹は食い気味に前のめりになる。

――なにその中秋節、すごく楽しそう！

辺境では中秋節は家族で過ごすのが主だったが、考えてみれば百花宮の宮女は誰もが家族から離れて暮らしているのだ。それで中秋節をどう過ごすとなると、自然とそうなるのかもしれない。

「もちろん、作らなくったってていいんだ。誰かが作ったのが食べられるさね。けど、作った方が良い事がある気がするだろう？　で、お前さんのところは団子だったかい？」

美娜がそう言って、改めて尋ねてきた。

中秋節の食べ物も地域によってまちまちで、それぞれの郷土のお供え物が並ぶのだそうだ。

――なるほど、なにか作るのかって聞かれてたのか。

話の流れがようやくわかって、雨妹は自分のこれまでの中秋節事情を話す。

「私の育った所は月餅を作っていました。でもこれまでたくさん作ったことがないし、難しくって上手《うま》くできたことがないんです」

これを聞いた美娜は「なんだ」と笑う。

「ウチの里も月餅だったよ。それじゃあ一緒に作るかい？」

「いいんですかっ⁉」

大歓迎の提案をされ、雨妹は目を輝かせる。

これに、美娜は「もちろん」と頷《うなず》いて告げた。

「こういうのはワイワイしながらやると楽しいもんさ」

そのワイワイに、辺境では加えてもらえなかった雨妹なので、嬉《うれ》しくて飛び跳ねそうになる。

「私、美味しい月餅の餡《あん》を色々考えてみますねっ！」

「いいねぇ、変わり種を作るのは面白そうだ」

石からピョンと跳び上がって言う雨妹に、美娜も乗り気である。

――これは、張り切って考えちゃうよ⁉

今年の中秋節は、どうやらこれまでとは違ったものになりそうだ。

雨妹は今から胸を高鳴らせるのだった。

第一章　近衛《このえ》の男

「ふんふんふ～ん♪」

雨妹《ユイメイ》はその日、朝からルンルン気分だった。

なんと言っても、庭園の掃除の中から栗《くり》の木周辺の掃除を勝ち取った幸運な日なのである。

──秋と言えば、栗だよね！

雨妹は秋の味覚の中でも、栗は焼き芋との二大美味として大好きだ。

百花宮《ひゃっかきゅう》には所々に栗の木が植えられていて、この栗の木掃除では、熟した栗の確保も仕事の内だったりする。熟して落ちた栗を集めて、妃嬪《ひひん》の宮へと配るのだそうだ。

当然、ここで採れる栗だけで妃嬪たちに配る栗の全てを賄えず、外からも仕入れることになる。けれど外の栗よりも後宮内で採れた栗を手に入れることが、妃嬪たちの間での位に響くのだとか。妃嬪とは栗を食べるだけであっても、そのようなことを気にしなければならないらしい。

──普通に「美味《おい》しいね！」でいいじゃないね？　幸せで。

ちなみに、収穫した栗の中で形が悪いものは収穫した宮女──この場合だと雨妹が貰っていいということになっているのだ。

そんなお得な特典があるにもかかわらず、この栗の木掃除は宮女には不人気な仕事であったりする。だからこそ、下っ端新人の雨妹がこの仕事を得られたわけだが。

嫌がる宮女曰《いわ》く、棘《とげ》が痛いから嫌だとか、いがが落ちてきて頭に刺さるとかいう被害が及ぶわりに、食べる実がショボいのが不満なのだという。

雨妹に言わせれば、そんな程度で泣き言を言っている連中は、栗を一生食べるなと思う。栗の実が小さいのがなんだ、大きければ美味しいというわけでもなかろうに。

雨妹は、栗落としで棘に襲われるのだってなんのその、美味しい栗を食べるためには苦労を惜しまないのだ。

——栗ご飯は好きだし、饅頭《まんじゅう》に混ぜても美味しいし、あ、月餅に入れるのもいいかも！

栗料理を考えるだけで、夢が広がるというものだ。

というわけでやる気に満ち満ちている雨妹はウキウキで跳ねるような足取りで、栗の木へと向かうために三輪車を取りに行く。

「やあやあ、今日もよろしく頼むからね〜♪」

出番を待っていた三輪車に呼び掛けて、籠《かご》に道具を載せて掃除に行こうとしていた雨妹だったのだが。

「小妹《シャオメイ》、ちょいといいかい？」

回廊の横を通過する際に通りかかった、雨妹たち宮女の監督者である楊《ヤン》が声をかけてきた。

「はい？　なんでしょうか？」

雨妹は三輪車から一旦《いったん》降りると、楊の方を振り向きながら、栗を想《おも》って緩んでいた顔を引き締める。

——なんの用かな？　もしかして、ちょっと多めに栗をちょろまかせないかとか、考えているのがバレたとか？

雨妹が内心でヒヤリとしながら、楊に向き合うと。

「小妹、お前さんは病気に詳しかったよね？」

楊がそんなことを言ってきた。

「あ、はい、まあ」

雨妹は自分の食い意地のことではなかったことにホッとしつつ、振られた話をちゃんと聞くべく、背筋をシャンと伸ばす。

「どなたかが病気なんですか？」

そう尋ねる雨妹に、「まあね」と楊が頷く。

「昔馴染《むかしなじ》みが困っていてね、もう仕事を辞めるだのなんだのと騒いでいる。アイツから仕事をとったら、単なる飲んだくれでしかないっていうのにねぇ」

そう言って楊が重いため息を吐《つ》く。

——よほど親しい相手なのかな？

口ぶりからして、近しい間柄故の気さくさが窺《うかが》えた。

いつも良くしてくれる楊であるので、雨妹は少しでも恩返しをしておきたい。

「私でお役に立てるなら、その方のお話を聞かせていただきますが」

雨妹がそう告げると、楊がホッとした顔になる。

「そう言ってくれると助かるよ。なにせソイツは医者嫌いでもあってね、薬も飲みたがらないんだ」

「ああ、いますよねそういう人」

楊のぼやき混じりの情報に、雨妹はウンウンと頷く。

楊が言ったような傾向は、なまじ身体《からだ》が頑丈で病気知らずな育ちの人によく見られる。医者や薬を得体の知れない敵のように捉《とら》えており、異常に怖がっているのを誤魔化そうとして、先制攻撃のように悪態をついてくるのだ。

「その点、小妹は医者でもなんでもないからね。私からの遣いっていう名目で行けば、恐らくは断られずに顔を見て軽く喋《しゃべ》ることくらいできるだろうさ」

なるほど、ただの宮女である雨妹ならば門前払いをされないというわけか。逆に医者だとわかれば、会うこともしないようだ。

どうやらその人、医者嫌いが筋金入りらしい。

――それに、偉い人なのかな？

楊の口ぶりだと、直接押しかけて会えるような相手ではなくて、側仕《そばづか》えがいるような身分みたいである。

「どうだい、様子を見に行ってくれないかい？　もちろん礼はするよ」

念を押すように尋ねてくる楊に、雨妹は笑みを返す。

「いいですよ、引き受けました」

「ありがたい！　案内は用意するよ」

雨妹がそう返事をすると、楊が安心した様子を見せた。


そんな話をしたところで、改めて雨妹は三輪車に乗って栗拾い――もとい、掃除に向かう。

「豊作、豊作ぅ♪」

栗の木の下にちらかった落ち葉を掃きながら、背負った籠に落ちている栗の実を拾い入れる。

栗の実は落ちたものが熟した証拠で、それまでは頑張って枝にしがみついているのだが、たまに熟した瞬間に立ち会うと、栗の棘攻撃を受けてしまう。これを宮女たちが嫌うのだが、雨妹は幸運の合図くらいに思っている。

――どれどれ、大きくなっているかなぁ？

栗の実を出すのは雨妹にはお手のもので、足先でいがに圧をかけつつ器用に開けて、中身を回収する。

「雨妹よ、ここにいたか」

すると、声をかけてきた人物がいた。

振り向いた先にいたのは、太子の側仕えの宦官《かんがん》、立彬《リビン》であった。

ちなみにこの男、本当に宦官であるかについては疑惑がある、というか確実に宦官の身体ではないだろうと雨妹は踏んでいる。

「栗の収穫係とは、難儀だな」

憐《あわ》れむような顔をする立彬に、雨妹は「お前もか！」という気持ちになる。

「なにを言うのですか！　難儀だなどと言ったら、美味を提供してくれる栗に対して失礼です！この棘が嫌われる原因なようですけど、美味しい栗を守っているのかと思えば愛《いと》おしいではないですか！」

「……そうか、お前が良いのであれば、問題ないのだが」

雨妹が栗への愛を爆発させるのに、立彬が引き気味になる。

「ところで、なにか御用でしたか？」

もし雨妹の取り分の栗を分けてもらおうというのであれば、絶対にあげないぞと構えていると。

「楊殿から、お前を案内するように頼まれたのだが」

立彬が栗のことではなく、そんな話をしてきた。

なるほど、楊が用意した案内役というのがこの男であるようだ。

——ってことは、もしかして楊さんの昔馴染みって、近衛の人？

この立彬、実は近衛の立勇《リーヨン》という男の双子の兄弟であるという設定の二重生活の隠《かく》れ蓑《みの》である、と雨妹は薄々察しているのだが、それはおいておいて。

「ではもうしばしお待ちを、今栗を仕分けていますので！」

「そうか、では手伝うので早くしろ」

立彬にも手伝ってもらい、仕分けた結果として結構な数の栗を手に入れることができた。

ホクホク顔になった雨妹は、掃除道具と栗を仕舞ってから、立彬と連れ立って楊の知り合いの元

へと向かった。

雨妹は三輪車と掃除道具を置きに行った際、楊からお遣いの体裁を整えるためにと受け取った荷物を抱え、立彬と共に向かうのは乾清門《けんせいもん》方面であった。

乾清門とは後宮のある内朝と、様々な式典や朝政などが行われる外朝との境の門である。

後宮勤めの宮女がこの門を越えることは滅多にない。仮に遣いで外に出ることがあるとしても、宮城の正門へと続く大通りに至る玄関とも言うべきこの門を通ることなどない。

雨妹たちが後宮へやって来た時も、通ったのは東の端の門であった。

唯一こちらを通った例外が、先だって太子と出かける際に通った、あの一度切りだ。

その乾清門にやって来ると。

「ここでしばし待て」

立彬はそう言うと雨妹を門に留めおいて、自身は外朝側の門近くにある、物置のような建物の中に入っていく。

そして素直に待つことしばし。

「待たせた」

そう言って物置から出てきた彼は、宦官姿ではなく、武人風の格好になっていた。近衛の兵装でもないので、通りで目立たないだろう。

——ええーっと？

「立勇様？」

雨妹がこれはなんと呼びかけるべきかと迷った末、そちらの名を呼ぶと。

「その通り、察しが良くて助かる」

立勇が頷《うなず》き、そのままさっさと歩き出す。

「……なるほど」

――ここが変身する場所ってわけね。

物置であれば、宦官が入っても兵が入ってもおかしくはない。ひょっとして中は、他の人が入れない隠し部屋になっている所があるのだろうか？

そんな風に思いながら雨妹は立勇の後を追って、乾清門を出て外朝側へと足を向ける。

それにしてもこちらの格好に着替えたということは、向かう先は近衛である立勇の方が縁のある場所であるのだろう。

「誰に会いに行くのですか？」

会いに行く相手について尋ねる雨妹に、立勇が眉《まゆ》を上げた。

「知らんのか？」

「はい、楊おばさんからは詳しく聞いていません。ただ、昔馴染みだと言っていただけで」

聞かされた情報を正直に述べると、立勇が難しい顔になる。

「他を憚《はばか》ったのだろうな、無理もない」

そう零《こぼ》して、「はぁ～」と息を吐く。

――なにか事情のある相手なのかな？

まあ、事情持ちでなければ、医者でもない雨妹に話をもちかけ、こんな二重生活をしているような男を頼るなんて危うい真似《まね》はしないだろう。医者嫌いといっても、無理やり縛り付けて連れていくなり、やりようはいくらでもあるのだから。

そう考える雨妹に、立勇が告げることには。

「会いに行く相手は私の上司だ」

「なら、お相手は近衛の方ですか」

雨妹が「やはり」という風に頷いていると。

「では、さっさと外城へ出るぞ」

「……外城、ですか？」

続けて立勇に言われたことに、雨妹は目を丸くする。

外城という場所について説明する前に、まずは宮城のある敷地全体について語る必要があるだろう。

皇帝の住まう敷地の中心には、内朝と外朝のある宮城がある。その周りを宮城関係者の暮らす区域が囲んであり、そこは内城と呼ばれていた。官吏などがここへ家を持ち、宮城へと通っている。

実は良い所のお坊ちゃまであるらしい立勇の実家も、おそらくは内城にあるはずだ。

そしてその内城の南側にあるのが、宮城と内城を相手に仕事をしている人々の暮らす、外城である。

ここはいわゆる城下町的な場所であり、商店や宿があったりして、敷地で最も賑《にぎ》やかな区域であろう。

そして雨妹は訪ねる相手が楊の知人であるなら、てっきり内城に住んでいるのかと思っていたのだが。

――いや、なにかの用事で外城に出ているのを、これから捕まえるのかもだし。

雨妹が色々な事から考えを巡らし、一体どんな人なのかという推理をしている間に、二人は外朝も出て塀に囲まれた内城内の道を進み、宮城の表玄関とも言える正陽門《せいようもん》を越える。

ここから先が、外城なのだが。

「さて、どこの飲み屋で捕まるか……」

ここで立勇が悩むようにしばし佇《たたず》む。

――はい？　飲み屋？

雨妹はこれにまたもや驚く。

「立勇様、その方は飲み屋にいらっしゃるのですか？」

「居所が知れているわけではないが、大方合っているだろう」

雨妹が確認すると、あっさり頷いた立勇がどこの路地から攻めていくかを思案している。

――なんで飲み屋？

近衛であるなら、外城の武具などを扱う店にでも出入りしているのかと想像すれば、まさかの飲み屋とはと呆気《あっけ》にとられたものの、そう言えば楊が「飲んだくれ」だと相手を評していたことを思い出す。

あれは皮肉ではなく、真実飲んだくれであるということなのか。

「雨妹、お前も気を付けて酔っ払いを見ていろ。探すのはずんぐりむっくりで髭《ひげ》もじゃな厳《いか》つい男だ」

立勇に指示され、雨妹も周囲の観察をすることになる。

――っていうか、探すのは酔っ払いで決定なのか。

どれだけ酒好きな相手なのだろうかと呆《あき》れながら歩き、雨妹と立勇でそれぞれ飲み屋を一軒一軒覗《のぞ》いては出てを繰り返す。

さすが都なだけあり、飲み屋の数が多かった。

それに庶民でも質の良い酒が飲めるのだろう、飲み屋からはちゃんと酒の香りが漂ってくる。比べて辺境付近で出回っている酒は、発酵度合いが低くてほぼ水なのだ。

時間的にまだ夕食には早く、一応飲み屋も開いてはいるものの、酔っ払いが多く出没するような頃ではない。この時間から酔っ払っている者は、おそらく一日中酔っ払っているのだと思われるが、通りを堂々と歩いてはいない。

雨妹と立勇でウロウロ、きょろきょろすることしばし。

「……いたぞ」

立勇が目的の人物を発見したのは、探し始めてからだいぶ日が傾いてきた頃、三本目の路地にある飲み屋を覗いた時であった。

「らっしゃい」

「……邪魔するぞ」

「お邪魔します」

入るなり声をかけてきた店主に、立勇と雨妹は挨拶《あいさつ》をして、奥の席へと進む。

そこには、一人の酔っ払いが卓の上に突っ伏していた。立勇が言った通りな「ずんぐりむっくりで髭もじゃな厳つい」中年の男で、赤ら顔で酒臭く、どう見ても泥酔している。

その酒臭い男に、立勇が近付いていく。

「明《ミン》様、起きてください明様！」

「うぁ……」

立勇が何度が肩を叩《たた》きながら声をかけると、男——明が唸《うな》り声のようなものをあげる。

——ふぅん？

雨妹は明を見て、いくつか気になった点があるものの、それを脳内に留め置くことにして、とりあえずうつ伏せはなにかの拍子の窒息が怖いので顔を横に向け、店主に水を貰《もら》いに行く。そして寝ぼけ半分な明の前に、雨妹は店主から貰った水の入った杯を置く。

「もし、もぅし、少々お話をしたいのですが！」

雨妹は「無理だろうな」と思いながらも、明を起こそうと背中を叩いてみるのだが。

「そうなったら、そのお人は起きやしねぇよ」

店主が雨妹と立勇に「無駄な努力だ」と言わんばかりに声をかけてきた。

「いつもそうして寝たまんま門が閉まって帰れなくなって、朝まで寝て待つのさ」

そう言って店主がやれやれという風に息を吐く。

ということは、この明は一日酒を飲んでいるか寝ているかしかしていないのではないだろうか。

――なるほど、正しく飲んだくれだな。

楊が明を心配するのもわかる気がする。

「それは迷惑をかけている」

立勇が店主に頭を下げる。

確かに、朝まで客に居座られる店は大迷惑だろう。なにせ、店を閉められないのだから。いや、もしかすると閉店時間になると、店の前に転がされるのかもしれない。だがそれだって結構な労力であろう。

けれど、雨妹たちは起きるまで待つなんてできないわけで。

「どうしますか？」

「このままというわけにはいくまい。話もできんしな。仕方ないので家に連れ帰るぞ」

立勇がそう結論付けた。

というわけで、立勇が連れ出す前に明の飲み代を精算しようとすると、「飲み代は先払いで貰っている」とのこと。飲んだら金を払い忘れるから、という明の気遣いらしい。

――そういうところを、ちゃんとできる人なのか。

もしかすると、ただの酒好きの果ての飲んだくれというわけではないのかもしれない。

とりあえず雨妹が少しでも酒が抜けるようにと、明の鼻をつまんで苦しがって起きたところで「もっと飲みましょう、これはお酒です」と言って水の入った杯を持たせ、飲ませるということを数回繰り返す。

「……雨妹お前、酔っ払いのあしらい方が上手《うま》いな？」

「そうですか？」

感心する立勇に、雨妹はすまし顔で応じる。

前世で看護師という普段ストレスフルな職場で働いていると、酒の席になったらそのストレスが爆発して、はっちゃけ過ぎてしまう同僚というのがたまにいた。くだを巻いて酒を手放さない同僚に水を飲ませる技術はピカ一だと、褒められたものだ。

それから店を出ると、立勇が男を担いで内城へと向かうことになった。やはりそちらに家があるらしい。

――内城かぁ……。

実は雨妹は、内城へ入るのが初めてである。

酔っ払いを連れ帰るという名目ではあるが、少々ワクワクしながら立勇の後ろについて行くのだった。

というわけで、明を背負って歩く立勇であったが。

ずり落ちそうになる明を何度目か背負い直した立勇が、しかめっ面になる。

「……酒臭い」

そう漏らす立勇に、雨妹も苦笑する。

「そうですね、体臭がもうお酒の臭いですものね」

こう話す雨妹はというと、距離を取って酒臭さがやってこない場所まで逃れており、立勇から恨めしそうに見られた。

それはともかくとして。

繰り返すが、一般的に飲まれている酒とはほぼ水だ。なのでよほど酒を受け付けない体質でもないと、ここまで酔っ払ったりせず、体臭が酒の臭いになるなんてこともない。度数の高い質の良い酒をこんなになるまで飲めるとは、よほどの金持ちである。

――まあ、近衛の偉いさんだから金持ちなんだろうけどね。

その明を背負った立勇と、雨妹は適度な距離を保ちつつ、外城から内城へ入るための門を通る。しかし外城へ出た際に通った正陽門ではなく、その東側に位置する酒などの物資を運ぶための門であった。何故こちらなのかというと、単純に近いからだそうだ。

それにしても酒を運ぶ門から酒臭い酔っ払いを運び入れるとは、妙に面白くて笑いがこみ上げてくる。

雨妹が一人笑いを堪《こら》えていると、立勇が近衛である証《あかし》を見せ、雨妹は宮女のお仕着せで特に調べられることもなく許可された。

「どうぞ」

そしてあっさりと門を通過して、内城へと入る。

その先で見えた景色は、例えるならば高級住宅地であった。

道幅が広いのは、よく軒車が走るからであろう。余裕で軒車二台がすれ違えるほどで、その道に面した家々は、どれも庭園が整備されている邸宅である。

――うーん、空気がお金持ち！　って感じがする！

初めて見る内城の中に興味津々な雨妹がキョロキョロしていると。

「こちらだ、行くぞ」

立勇はそんな雨妹に構わず、さっさと歩いていく。

おそらくは、早く酒臭さから解放されたいのだろう。背負っているせいで肩にきている明の顔から発せられる酒臭い呼気が、立勇の鼻を直撃しているようなので、辛《つら》いに違いない。

いっそ俵担ぎにしてしまえば息の酒臭さからは逃れられると思われるが、そうすると荷担ぎ抱きの弊害である「オエェップ！」現象が待っている。かといって横抱き運びはなんか違う。それらを考えて、結果現状になっているのだろう。きっとあの服にも、酒の臭いが染みついてしまっていることだろう。

そんな立勇がさすがに可哀想《かわいそう》になった雨妹は、己の好奇心をひとまず収めて、早歩きの立勇に小走りをして付いていく。

この歩いている間に、明についても聞いた。

明は明永《ミン・ヨン》という名で、軍でそれなりに大きな部隊の指揮官として活躍し、将軍からもその名をあげられる人物であるという。将軍の覚え目出度《めでた》いとなるとよほど有能なのだろうが、今は酒臭い残念な男に成り下がっている。

仕事はどうしたのかと思って尋ねると、「お身体《からだ》を悪くされて、休養中だ」とのことだ。

――じゃあこの人は、休養中であるにもかかわらず、飲んだくれているということか。

なんというか、とんだ駄目大人だ。

雨妹はさらに、楊からの頼まれ事である肝心な話を聞く。

「身体を悪くとは、具体的にどういうものなのですか？」

これに、立勇はチラッと背後を見てから、声を抑えて答えた。

「たまに聞くだろう？　身体の節々が猛烈に痛み、動くこともままならないという、あの奇病だ。こうなったら兵として働くには難しく、だがこれまでの功績があるからな。たまに治るという話もあるから、それを期待して休養にて身体を癒すようにとされたのだ」

なるほど、軍は復帰を望んでいるということか。

「けど、こんな生活をしているのなら、治るものも治りませんよね」

「その上、医者にもかからないお人でな」

雨妹のツッコミに、立勇もそう言って大きく息を吐く。

立勇曰《いわ》く、近衛でも色々と世話を焼こうとしたが、本人が頑なに受け入れず、現在に至るのだそうだ。

――ふぅむ、状況はわかった。

楊が心配するわけだ、と雨妹は一人頷《うなず》く。

普段仕事以外の事を言ってきたりしない楊が、珍しく頼んできたので興味が出たこともあって引き受けたのだけれど、これは余計なお節介をしたくなるだろう。

そんな話をしていると、やがて一軒の屋敷にたどり着いた。他と比べても立派な部類の屋敷であった。

「もし、もぅし！」

立勇が戸口で声を張り上げる。

ただし表口ではなく、裏口であった。

明のこのようなぐでんぐでんに酔っ払った姿を表口で晒《さら》すのは忍びないという、立勇の気遣いからこちらとなっている。

「はい、どちら様で？」

するとやがて戸が微《かす》かに開き、そう言いながら一人の老女が顔を出した。

「おや、旦那様《だんなさま》」

そして立勇に背負われている明を見て、目を丸くする。

「上司の身柄を送り届けにきたのだが、中に入ってもよろしいか？」

立勇が尋ねると老女は返答代わりに戸を大きく開き、「こちらへ」と招き入れた。

「では、失礼して」

「お邪魔します」

そこに、雨妹も続いて入っていきつつ、ひそりと尋ねる。

「あの方、ご家族ですかね？」

「いや、使用人だろう。明様は独り身のはず」

――なるほど、独り身の飲んだくれか。拗《こじ》らせがちなヤツだな。

もちろん独り身でも自己管理ができる者もいるのだが、家で待つ者がいない寂しさから酒に逃げるというのが多いのも事実である。

二人してそれ以降は黙って歩き、その老女についていって屋敷の奥へと向かい、やがて寝所らしき部屋へ案内された。

「旦那様はこちらへ」

「ああ、わかった」

老女に促され、立勇が背中でいびきをかいている明を牀《しょう》へと降ろす。

「ふぅ～……」

ようやく背中から漂う酒臭さから逃れられた立勇が大きく深呼吸をしているところへ、老女が深々と頭を下げた。

「旦那様の部下の方々、送り届けていただき、感謝しかありません。旦那様におかれましては、やはりきちんと床について寝ていただいた方が、身体にもよろしいでしょうに」

老女が礼を述べつつも、そうボヤく。

雨妹まで明の部下だと思われたようだが、近衛の仕事場にも宮女がいるのだろうか？　お世話する係はいるだろうし、下っ端のお仕着せなんてどれも似たような意匠なので、それと思われるのも無理もない。

　それにしても、気になることを聞いた。

「もしや明様は、自宅で寝ないのですか？」

　雨妹が尋ねると、老女がため息を漏らす。

「はい、いつも朝方に酒の臭いをさせて戻って参りますので。もし夜に戻られた場合を考えて起きて待つ、家人のことも考慮してほしいものです」

　老女はよほど不満を溜《た》めこんでいたのか、雨妹たちに向かって愚痴を吐く。

「それから、ちょっと休んでまた飲みに出るのですか？」

「その通りです」

　雨妹の問いに、老女が頷く。

　――そりゃあ健康に悪いわ。

　酔っ払って寝落ちして、起きたらまた酒を飲んでとは、もう人として底辺の生活ぶりだろう。

「明様はお酒がお好きなのですか？」

　雨妹の口にした疑問に、立勇が首を捻《ひね》る。

「私が知っているのは、既に酒を手放さない姿だな」

「じゃあ、昔からかぁ」

　雨妹がそう納得しようとしたところへ、「いいえ」と老女が口を挟む。

「旦那様は、若い頃には酒なんぞ一滴も飲みませんでしたよ。それにどちらかといえば酒には弱いお方でして、安酒でも悪酔いするのです」

老女の妙に詳しい口ぶりに、驚いた雨妹は立勇と顔を見合わせる。

「あなたは、明様との付き合いが長いのですか？」

雨妹が尋ねると、老女が大きく頷いた。

「ええ、昔におしめだって洗ってやったものです」

なるほど、道理で先程から口に遠慮がないわけだ。

「それがいつの頃やら、仕事でしくじりをしたのか嫌な事があったのか、そのあたりはわかりませんがね。飲めもしない酒を毎夜飲むようになって、今ではこういう有様でして。全く、情けない……」

口が止まらなくなった老女に、立勇の方が引き気味で少し後ろに下がっている。

この男、母親である秀玲《シオウリン》にも頭が上がらないようであったし、実は女に弱いというか、強く出られない質《たち》なのかもしれない。

「ふぅむ……」

雨妹はというと、今の老女の話について考える。

——お酒に弱いのに、酔っ払っているのか。

それがどういった理由なのかはまた別の話として。

要するに、明は酒の代謝が悪い体質なのだ。

「少々確認したいことがあるのですが、明様に触らせてもらってよろしいですか？」

「いいけど、お前さんのような若い女子《おなご》が、酔っ払いなんぞ触りたいものじゃあないだろうに」

雨妹が許可を願うと、老女は奇特なものを見るような目を寄越《よこ》しつつ、頷いた。

というわけで、雨妹は背後に避難している立勇に声をかける。

「立勇様、見難《みにく》いので明様の体勢を仰向《あおむ》けにしてもらえますか？」

「いいだろう」

再び近付いてきた立勇に明を仰向けにしてもらうと、そのまま動かないように押さえてもらう。そして雨妹はその身体を隅々まで触り、ついでに衣服を捲《まく》ったりして老女に仰天されるのを立勇に宥《なだ》めてもらいながら、一つ一つ確認していく。

「なるほど、だいたいわかりました」

雨妹は明の身体を解放して、息を吐く。

これほどにあちらこちら触り、しかもだいぶ手足を動かしたにもかかわらず、起きない明はある意味凄《すご》いというか、なんというか。

それはともかくとして。

「明様にはお手本みたいな症状が出ているので、後世のために絵に描き取って残しておきたいくらいですね」

「なにかわかったのか？」

色々調べた結果いっそ感心している雨妹に、立勇が尋ねてくる。

その隣で何事がなされているのかさっぱりわからないという様子な老女もいて、彼らに説明するべく、雨妹は口を開く。

「はい、先に結論を言うと、明様は痛風ですね」

「「ツウフウ？」」

初耳という様子の立勇と老女に、雨妹は語る。

「これは風が吹いた程度の刺激でも猛烈に痛むことから、痛風と呼ばれている病です」

雨妹が明の身体を調べて気になったのは、酷《ひど》く酒臭いのはもちろんなのだが、まずは足で、こちらがだいぶ腫《は》れているのが見て取れる。そして手首などの関節に少々の腫れが見られた。この手足や関節などの腫れこそ、痛風の特徴なのだ。

「痛風の痛みは発作的に生じるのですが、しばらくすると治まるのです。この痛んで治ってを繰り返すうちに徐々に悪化し、他の臓器にまで影響が及びます」

この雨妹の説明を聞いて、老女が「そう言えば」と呟《つぶや》く。

「旦那様はなんの前触れもなく唐突に雄たけびを上げることがあります。他の家人が『なにかに取り憑《つ》かれたのではないか』と怯《おび》え、暇《いとま》を申し出る者もちらほらと出ておりまして」

「それは、まさに痛風患者ですね。発作が起きて痛かったのでしょう」

なんとも教科書通りな症状であるらしい明である。これは本当に絵を描いて、陳《チエン》と症状を一つ一つ検証して書き取れば、後世の役に立つ気がする。

なにせ奇病としか情報がなかったのだから、尿酸という成分の存在など知る由もないだろう。前世でも痛風の病は古代からあったものの、原因が解明されたのは近代になってからなのだ。

雨妹がそのような野望を抱いていると、立勇が恐る恐る聞いてくる。

「その、痛風とやらの原因はなんなのだ？　もしや……」

「立勇様の御想像通り、明様の場合はお酒の飲み過ぎですね」

立勇の懸念に、雨妹はズバリと答える。

厳密に言えば、痛風の原因は尿酸であり、尿酸は食事が体内で栄養になっていく過程で生み出される。だがその尿酸を大量に作るのが酒だ。

つまり、酒飲みに多い病気なのである。

「背中を軽く押したら苦しがりましたので、腎臓《じんぞう》――尿を作る臓器に石ができている可能性がありますね。もしやあまりお小水を出せていないのではないですか？」

尿酸の結晶が腎臓に溜まれば、腎機能《じんきのう》が低下して排泄《はいせつ》に支障が出るし、結石ができればそれが出来た部位が激しい痛みに見舞われる。明がこの状態である可能性は高いだろう。

「その状態を放っておくと、いずれお小水の通り道にも石ができて、催す度に地獄の苦しみを味わうこととなります。もしや、既にそうなっているかもしれませんがね」

「……そうなのか？」

説明を聞いた立勇がその様を想像したのか、顔を強張《こわば》らせているのに、雨妹は重々しく頷く。

「痛風になりがちなのは、酒飲みや大食漢ですね。なにごとも程々が良いということです」

「まさか、噂《うわさ》の奇病がそのようなものであったとは」

立勇は「やれやれ」といった風であるが、話はまだ終わらない。

「さらに言うなら、明様の身体が強烈に酒臭いのも、また別の病気の可能性がありますね」

「酒臭いのも病気なのか？」

新たな病が語られ、立勇が「まだあるのか」と言う顔になるのにも、これまた雨妹は頷く。

「病気なのです。健康ならば、こうまで酒臭くはならないのですから」

酒の飲み過ぎは肝機能低下を引き起こす。肝臓の働きが悪くなると、酒を体内で処理できなくなり、結果酒の成分が汗としてそのまま出てしまうことになる。だから酒臭いのだ。そしてこれは身体の内から出ている臭いであるので、沐浴《もくよく》しても消えない。

ここまでの話を聞いて、顔を青くしている老女が、雨妹に尋ねる。

「あの、旦那様は重症なのですか？」

「そうですね、重症の類ですけど、治るものでもあります」

雨妹はそう答えた。

あえて言えば、肝臓がどれほど悪くなっているのか気になるが、しかしまだ最悪な状態ではないと思われる。

「そうですか！」

老女がホッとした顔をした。

立勇と老女に明の現状を理解してもらえたのはよかった。

けれど、肝心の本人への説明が最も重要である。そして当人は飲んだくれた挙句に爆睡中で、起きる気配は全くない。

「あの、旦那様はこれからどうしたらよいのでしょうか？」

なので代わりに老女が尋ねる。

「まずなによりもしてもらわなくてはならないのは、お酒をやめることなんですけどねぇ……」

雨妹はそう答えつつも、明を見て「う～ん」と唸《うな》る。

「それは無理じゃないか？　この様子だと」

隣の立勇が、雨妹の懸念をズバッと口にした。

「そうですね、旦那様は私が注意しても聞く耳を持たないお人です」

老女も困った風にホウ、と息を吐く。

こうも全員に無理だと思われるとは、明が筋金入りということだろう。

いや、元々は酒は好んでいなかったという話であったか。

——飲み方が酷いみたいだし、依存症なのかな？

そうした人は大抵心因性の原因があるものなのだが、この明の場合はどうだろうか？　老女はなにかしらの心当たりがあるような口ぶりであったけれど。

それは後で榻にでも聞いてみるとして、今日のところは雨妹にこれ以上できることはない。

「この方はもうこのまま寝ているでしょうし、今日は帰りますか？」

「それがいいだろう。こちらもあまり遅くなるのは拙《まず》い」

雨妹の提案に、立勇も頷《うなず》く。

明を飲み屋で発見したのが遅い時間だったため、現在はもうとっくに空が暗くなっている。

——はっ⁉　ということは！

雨妹は大事なことに気付いてしまった。

「私の夕飯は⁉　もしかして食べ損ねちゃったの⁉」

雨妹の唐突な大声に、老女が驚き、立勇がやれやれと呆《あき》れ顔《がお》をする。

「何かと思えば、そんな話か」

「そんな話とはなんですか！」

軽く流す立勇に、雨妹は唾《つば》を飛ばさんばかりに文句を言う。

雨妹は一日を食事のために生きていると言っても過言ではないのである。その食事の貴重な一回である夕食が食べられないというのは、大問題ではないか。

——このまま、ハラヘリのまま朝まで待たなければならないなんて！

これだったら、外城にいた時になにか買い食いするのだった。あの時は楊の用事を先に済ませようと思って、寄り道をすまいと思っていたのだ。まさかそれがあだになるとは……。

雨妹が絶望の余り壁に両手をついてたそがれていると、立勇が「大仰な奴《やつ》め」と呟く。

「これから食えばいいだろうに。けど確かに、宮女の台所は仕舞いが早いか」

立勇は自分で自分に反論する。

そうなのだ、就寝が早い宮女は食堂が閉まるのも早いのだ。今頃行っても全て片付けられて、なにも残ってないに違いない。

かといって食事のために再び外城へ出るのは、おそらく許可が出ないだろう。

――ああ、今夜はハラへリ決定だぁ……。

雨妹が悲しい気持ちで沈んでいると。

「では近衛の方に寄っていくか？　あちらならばなにかしらあるぞ」

立勇が意外な提案をしたので、雨妹は目を丸くすると、恐る恐る尋ねる。

「近衛の台所……食堂って、どこですか？」

「外朝の端だな。近衛の使う建物の一角だ。ここからだとそう遠回りではない」

「そこ、私みたいなのが行っても平気ですか？」

「特に出入り禁止の規則はないな」

近衛の食堂は案外近く、雨妹が行ってもいいらしい。

そうなると、雨妹は近衛の食堂というものに俄然《がぜん》興味がでてきた。

どういう献立があるのか？　確かこの国に女の近衛はいなかったはずで、故に宮女の食堂と違って全てが男飯なのだろうか？　気になることはたんまりとある。

ちなみに近衛隊の女人禁制は別段男女差別というものではなく、近衛という皇帝や太子に近しい立場に女がいて、そこから男女の仲になられては困るという後宮からの物言いのためだと聞く。

今はその話はいいとして。

「近衛の食堂に行ってみたいです！」

絶望から一転してワクワク顔で手を挙げる雨妹に、立勇が「変わり身の早い奴め」と苦笑する。

「では外朝へ行くぞ、邪魔をしたな」

「お邪魔しました！」

そうと決まれば即行動、雨妹たちは明の屋敷をお暇することにした。

「いいえ、こちらこそ旦那《だんな》様を送り届けていただき、ありがとうございました」

二人の賑《にぎ》やかなやり取りに老女は目を白黒させていたようだが、表まで出て見送りをしてくれる。

そうして雨妹と立勇の姿が見えなくなると老女は、一人首を傾《かし》げる。

「そう言えばあの娘の方、どこかで見たような気がするねぇ？　はて、でもいつのことだったか……」

老女のそんな呟きを、雨妹が知る由もなかった。


ご飯を求めて近衛の食堂に向かう雨妹と立勇であったが。

雨妹は外朝へ入る前に、出る際に変に目立つからと外していた頭巾《ずきん》を再び取り出して、しっかりと被《かぶ》る。

——どこに誰がいるかわからないもんね！

夜闇で暗いので見られても平気ではと思わなくもないが、用心である。例の髪切り魔の変態皇子のような者が、いつどこに潜んでいるか知れないのだから。

そうして連れて行かれた近衛の建物というのは、本当に外朝の端にあった。たまにお偉いさんが集まって話し合ったりする場所らしく、宮女の宿舎とは趣が違う。

そもそも近衛は宮女のように住み込みではなく、内城からの通いであるので、食堂とて近衛の全員を食べさせるものではない。その代わり、朝夕問わず交代で一日中誰かしらが働いているため、食事も朝夕の二食のみとはいかないわけで、基本的に夜の遅くまでやっているという。

それ故に、今頃行っても食事にありつけるというわけである。

「こちらだ」

立勇に連れられて建物へ入った雨妹が、廊下を歩いていてまず思ったことは。

――なんか、建物の中の空気が男臭い……。

都へ来てから女の園で暮らしているから、余計にそう感じるのかもしれない。

灯《あか》りをケチっているのか、うすら明るいのがまた暗さを引き立てていて、おどろおどろしい雰囲気である。男臭さと混じり合って、なんともいえない気分になってきた。

その苦行を抜けた先に、廊下よりも幾分か明るい空間が見える。美味しそうな香りが漂ってくるので、おそらくはあそこが食堂であろう。

「へぇ、そこそこ小綺麗ですね」

「お前は、近衛をなんだと思っているのだ」

雨妹の口から思わず零《こぼ》れ出た本音に、立勇からツッコミが入る。

「いや、だって、男だらけってなんか、ねぇ？」

雨妹は言葉を濁しながら笑って誤魔化す。

掃除や整理整頓《せいとん》の能力に男女の性差は関係ないものの、男だらけになると汚くなりがちなのは、前世でも今世でも傾向としてあるものである。

「廊下が男臭かったですし、ここもそういう建物かと思っても無理ないですよね？」

雨妹が正直に告げると、立勇が「ああ」と眉《まゆ》を上げる。

「廊下は息を止めて歩くのが癖になっていた。あそこは倉庫から臭いが漏れるからな、それで臭いのだろう。武具を溜《た》め込まずに早く洗えばいいものを」

どうやら倉庫に汚れ物を詰め込んでいるようだ。臭いものに蓋《ふた》をして、そのままなかったことにしているらしい。

「危険ですねそれ。あの臭いはなんか変な虫とか湧いてますよ、きっと」

雨妹は立勇にそう忠告してやりながら、食堂を見渡す。

食堂の中にいるのは近衛だけではなく、宦官《かんがん》や文官などの姿もちらほらと見られる。なにかしらの理由でここを訪ね、ついでに食事をしているのだろうか？　見れば酒を飲んでいる者もいるので、仕事上がりの一杯なのかもしれない。

――ここでお酒を飲めたら、わざわざ外城に出なくてもいいもんね。

「上手いことやっているなぁ」と雨妹が感心していると、

「なんだぁ立勇？　珍しく女連れているじゃねぇか」

横手からそう声をかけられた。

雨妹がそちらを見ると、いつの間にか目の前に簡素な格好をした筋肉ムキムキな大男が立っていた。まるで熊みたいだと呆《ほう》け顔で見上げると、その熊から頭を掴《つか》まれる。

「しかも見ねぇ顔だ」

——って、強い、力が強いから！

そう言いながらワシワシと頭を揺すられ、雨妹は外れそうになる頭巾を懸命に押さえた。

「所用で外へ案内いたしましたら飯時を逃したとあんまり嘆くもので、連れてまいった次第です」

立勇がその熊男へ丁寧な礼をとって話す。

その言い方だと雨妹が食いしん坊みたいに聞こえるのが少々引っかかるものの、お腹《なか》が空《す》くのが切ないのは事実なので、ここで文句を言うのは止《や》めておく。

「そうか、そりゃあ可哀想に！　腹が減ったら剣も振れねぇんだ、それに細っこい身体じゃあ戦場で死ぬぞ！」

そう言って熊男が雨妹の頭をさらにグイグイと押してくるが、背が縮みそうなのでやめてほしい。それに雨妹はおそらくこれ以上食べても太っていくだけだし、戦場に出る予定もない。

けれど熊男が雨妹の食堂での食事を禁じたいわけではないことはわかったので、雨妹はペコリと頭を下げて、ついでに掴んだ手から逃れた。

それにしても、立勇のこの態度からすると、熊男は上司なのだろう。先程まで会っていた明とどちらが上なのだろうか？　そのあたりの事も華流ドラマオタクとしては気になるところだが、今はなによりもまずハラヘリ対策が先だ。

食堂の使い方は宮女のものと同じらしい。雨妹はせっかくなのでここでのお勧めを食べたくて、

厨房《ちゅうぼう》にいた台所番に尋ねる。

「お勧めはなんですか？」

「今日は肉団子の湯《タン》がいいよ」

問うた雨妹に答えたのは、まだ若い、雨妹より少し年上くらいの男だった。

「じゃあ、それをください！」

「はいよ」

雨妹が頼むと、台所番が手際よく器に盛っていく。

湯の味付けは宮女の台所と違うのか、雨妹としてはぜひ食べ比べて美娜《メイナ》に教えてやりたい。

「今日は『当たり』のようだ。美味《うま》そうな匂いがする」

隣で自らも料理を頼んだ立勇が、そんなことを話すのがいささか気になる。食堂に当たり外れというものがあるのだろうか？

「ここの台所番って、どういう人なんですか？」

後宮は集められた宮女から振り分けられるのだが、ここの場合はどういう人材が集まるのだろうか？

雨妹のそんな疑問に答えた立勇曰《いわ》く、今の彼は新人下級兵士らしい。一番上の台所番は古参者のようだが、その下は頻繁に入れ替わるのだそうだ。

「その時にいる新入りの腕で美味さが分かれてな。古参者が見張っているから不味《まず》くはならないが、美味くもない時がある。けれど今日は当たりの日だ」

聞けば納得だが、雨妹はまるで前世の相撲部屋のちゃんこ番みたいだと思ってしまう。あれも当番の腕で味が左右されると聞いたことがある。

「でも、どうしてそんなやり方なんですか？」

そう尋ねる雨妹に、立勇は「野営対策だ」と答えた。

「兵に料理を仕込んでおかないと、遠征で干し肉と干し芋ばかりを齧《かじ》ることになる」

「なるほど、大事な教育ですね」

立勇の説明に、雨妹も納得である。

さすがに新兵全員に経験させることはできないが、見込みがありそうな者を優先して引っぱってくるのだとか。

そんな話をしながら料理を貰《もら》い、二人で卓に着く。

お勧めの湯に、甘辛く煮込んだ肉が詰まった包子《パオズ》がつけばもうお腹いっぱいになるだろう。立勇はこれにさらに肉炒《にくいた》めを追加している。

さすが男所帯の食堂なだけあり、お勧めが肉々しい。

「やっぱり食堂によって違いがあるんですね」

「まあ、宮女の食堂とここは違いが大きいだろうな」

目をキラキラさせて料理に熱視線を向ける雨妹に、立勇が同意する。

まず、湯の肉団子があちらに比べて大きい。作り手の手の大きさの違いなのだろう、丸ごと一個を口に入れると、それだけで口の中がパンパンになりそうだ。立勇が一口で食べているのを見ながら、雨妹は箸《はし》で半分に割って口に入れる。

豪快な男料理かと思いきや、肉団子はフワフワで食感が良く、思わず頬を緩める。秋になって夜風が冷えてきたので、湯の温かさが身体に優しい。

「おいひいでふね」

「飲み込んでから喋《しゃべ》れ、喉《のど》に詰まらせるぞ」

一刻も早く感想を伝えたくなった雨妹に、立勇から指導が入る。

あちらの方が口に含んだ量は多かったはずなのに、もう飲み込んでいるとは、そちらこそきちんと噛《か》んで食べているのだろうか？　いや、雨妹同様にきっとハラへリだったのだろう。ハラへリ同士、煩《うるさ》いことは言いっこ無しにしようではないか。

次に包子を食べた雨妹が、幸せな気分に浸っていると。

「美味そうに食う娘っ子だなぁ」

先程の熊男がそう言いながら、雨妹たちの隣の卓にやってきた。

「太子付きと下っ端宮女たぁ、妙な取り合わせだな。どういった流れで行き合ったんだぁ？」

熊男がそう尋ねながら手に持っているとっくりから手酌で杯に酒を注ぎ、グイっと呷《あお》る。

「楊殿に頼まれたのです、この娘を明様に会わせてやって欲しいと」

「あ？　明のところへ行ってきたのか？」

明を呼び捨てにしたということは、この熊男は明よりも上の立場なのかと思いつつ、雨妹は湯を食べるのを止めない。

温かい料理は温かいうちに食べるのが礼儀である。

「行ってきたというか、飲み屋でとっ捕まえてきたと言いますか」

「はぁ〜、やっぱり相変わらずか」

立勇に話を聞いて熊男が大きくため息を吐《つ》くと、熊の唸《うな》り声のように聞こえる。

それにしても熊男が誰なのか、会話に手がかりが出てこない。

「あの、こちらはどなた様で？」

雨妹が口の中のものをゴックンしてからヒソッと尋ねるのに、立勇が驚いた顔をしつつも告げてくる。

「こちらは李衛《リーえい》将軍だ」

予想外の身分が出てきた。

衛将軍とは確か聞くところによると、現在の軍の最高指揮官ではなかっただろうか？

戦時などの非常時には大将軍などのもっと上の将軍職があるものの、平時では皇帝直属の軍を率いる衛将軍が実質軍の最上位だ。そして現在皇帝は侵略をやってもやられてもいないため、臨時の将軍職をもうけてはいなかったはずだった。

なにせ玉《たま》の輿《こし》を狙っている宮女たちから出世頭の情報は聞くともなしに流れてくるため、雨妹にはこうした知識が自然と蓄積されるのだ。

そんな軍の最上位なお人が、今雨妹の目の前でとっくりから手酌で酒を飲んでいる。これにはある意味、皇帝に出くわした時よりも驚きがあった。

なにせ皇帝は後宮に住んでいるのだから、運が良ければいつかは会うとわかっていた。しかし将軍となると、戦いの場に赴かないと会えないものではないのか？　それがどうして一般兵と大して変わらない格好でここにいるのだろう？

そんなわけで想像より上の身分が出て来て、雨妹は慌てて礼をとろうとしたものの、両手に湯の器と包子を持っていたため、一人アワアワとしてしまう。

「落ち着け、まずは食い物を卓に置け」

「堅苦しいのはよせよせ、ここだとただの飲んだくれだよ」

立勇の忠告に被せるように、熊男、もとい李将軍がそう言ってヒラヒラと手を振る。

とりあえず両手の物を卓に置いた雨妹は、恐る恐る李将軍に尋ねた。

「あの、衛将軍ともあろうお方が、何故ここにいらっしゃるので？」

このような一般兵の使う食堂ではなく、もっといい店でいい酒を飲めばいいだろうに。言ってはなんだが、ここで飲まれている酒は安酒だ。

不思議そうにする雨妹の考えが読めたのか、李将軍がニヤリと笑う。

「酒ってのはな、なにを飲むかじゃなくって、誰と飲むかなんだぜ？　外にお高い酒を飲みに行きゃあ、『将軍様、将軍様』って煩くっていけねぇや」

なるほど、一理ある。どうやら外で飲むと色々な輩《やから》が寄ってくるのが嫌らしい。

「将軍様って、顔が売れているんですか？」

そもそもの話を確認すると、立勇が頷《うなず》く。

「都だとな。知らないのはお前のように田舎から出てきたばかりの者くらいだろう」

どうやら李将軍を知らなかったことで、雨妹が田舎者なのが露見してしまったようだ。そこは事実であるし、別段恥じることでもないので気にしないが。

「で？　おめぇさんは誰でぃ？」

とうとう李将軍に尋ねられたが、雨妹としては出来れば偉い人に名乗りたくない。どこでなにに繋《つな》がって身の上が露見するかわからないのだから。

「将軍様に名乗るほどの身分ではありませんが、お察しの通り下っ端宮女でございます」

雨妹がそう説明するのに、立勇は「そんな失礼な言い方があるか！」などという文句を特につけてくることはない。

けれど、李将軍はなにかピンとくるものがあったようで、身を乗り出してマジマジと眺めてきた。顔が近くなると、余計に熊っぽくなる気がする。

それからやがて李将軍がパン！　と手で膝《ひざ》を打つ。

「もしやうっすらと聞いたことがある、最近なにかと騒がせている宮女ってのは、おめぇか？」

そして何故か、妙な露見の仕方をしてしまった。

「お騒がせしているんですか？　私って」

「概《おおむ》ね合っているだろうが」

尋ねる雨妹に、立勇がこともなげに告げる。

それはともかくとして。

李将軍から「料理が冷めないうちに食え」と許可が出たところで、雨妹は遠慮なく食事を再開する。

「で、なんでこの娘っ子が明に会うことになったんだ？」

李将軍からの素朴な疑問に、雨妹は別段隠すことでもないので答える。

「診察のためですね。私、多少ですが医術の知識がありまして、でも医者ではないので医者嫌いでも門前払いをされないだろうと、楊おばさんから目を付けられたのです」

これを聞いた李将軍は、「はぁ～」と感心の声を上げる。

「珍しい特技を持つ宮女がいるもんだ。そんなら医者付きの女官になれば、給料だってがっぽり貰えるだろうによぉ」

これに雨妹は包子にかぶりつこうとしたところで、思いきり嫌な顔をする。

「嫌ですよ、そんな仕事。私は今の仕事が気に入っているんです！」

間違っても李将軍が推薦なんてしないようにと、雨妹はここはキッパリ言っておく。

誰も彼も似たようなことを言うものだが、今世は給金よりも趣味に生きるのだ。前世では看護師という仕事に誇りを持っていたものの、それはそれとして、あのように人生の大半を仕事に捧《ささ》げるような生き方はもうしたくない。

雨妹の勢いに、李将軍が目を丸くしている。

「はぁ、変わってんなぁ。まあいいか。で？　そのお前さんから診て、明はどうだったんだ？　近衛に復帰できそうか？」

李将軍は雨妹のことからすぐに話を変えて、明のことを聞いてきた。

「酒さえ飲まなくなれば、復帰は可能でしょう」

雨妹が「酒」を強調して言うと、李将軍がピクリと眉《まゆ》を上げる。

「酒なぁ、確かにアイツの酒は楽しい飲み方じゃねぇもんなぁ」

そう言ってグビッと酒を一口飲んだ李将軍は、天井を見上げた。その顔は困ったような、悲しんでいるような、奇妙な表情であった。

「あの、私もよく知らないのですが、明様はどうしてあのように酒を飲まれるのですか？」

立勇が横から疑問を投げかける。

「あ〜」

これに李将軍がしばし呻《うめ》いてから、天井から立勇へと視線を移す。

「俺からはなんとも言い難いが、一つ言えるのが後悔か。でも、アイツが悪いわけじゃねぇ、悪いのは……いや、やめておこう。俺もちぃっと酒が回ったみてぇだ」

李将軍はそう言うと、フラッと立ち上がって離れていった。

その後ろ姿を見送って、雨妹は立勇と顔を見合わせる。

「今の、なんのことだかわかりますか？」

「いや、正直私にもわかりかねる」

雨妹と立勇は二人して首を捻《ひね》った。

こうしていても答えは出てこないので、雨妹はとにかく今は夕飯を食べてしまって、宿舎に帰ることにした。楊には明日の朝に報告すればいいだろう。

久しぶりに夜に動き回って疲れた雨妹だったが、朝は同じようにやって来るもの。

朝食を食べようと食堂へ顔を出すと、今日は休みらしい美娜が座った卓からヒラヒラと手を振っていた。

雨妹も料理を受け取ると、美娜の隣へと向かう。

ちなみに今日の朝食は、蓮根《れんこん》と鶏肉《とりにく》の団子の湯と、百合根《ゆりね》とキノコの蒸し物であった。図らずも昨日の夜の湯との食べ比べになり、百合根は今季初物である。

なんだか朝から嬉《うれ》しい朝食に、雨妹はウキウキ気分で卓に着く。

「おはようさん、昨日の夜は出かけてたって？」

早速聞いてきた美娜に、雨妹は頷いて答える。

「はい、楊おばさんのお遣いで。聞いてください！　それで夕飯を食べ損ねたんで、近衛の食堂に紛れ込んじゃいました！」

「近衛って、兵士のいるところへ行ったのかい⁉　大丈夫かい、なにか無体をされなかったかい⁉」

雨妹は自慢話のつもりだったのだが、美娜が顔色を変えて心配してきたのに驚く。

「いいえ、なにもありませんでした。むしろ親切にしてもらえましたよ、ご飯も美味しかったです し」

雨妹が笑顔で告げると、美娜は「ならいいけど」とひとまず納得する。

——美娜さんは近衛っていうか、兵士に対してなにかあるのかなぁ？

もしかすると、兵士にあまり良い印象がないのかもしれない。地方によって兵士の質が色々なのは、雨妹も辺境からの旅の間にちらほら見てきたことだ。

しかし、今はそれについての話をする気はないようで。

「あっちはどんな風だったんだい？」

やはり余所《よそ》の食堂に興味があるらしい美娜が身を乗り出してくるのに、雨妹は身振り手振りであちらの様子を説明する。

「は～、あっちの食堂は訓練の一環かぁ、兵士ってのも大変なんだねぇ」

「ですね。それに食べに行ったら外れの時って、なんか台所番も食べる方も両方切ないですよね」

二人してそんな話で盛り上がっていると。

「お前さんらは、朝から賑《にぎ》やかだね」

そこへ楊が顔を出した。

「おはようございます、楊おばさん」

雨妹が挨拶《あいさつ》するのに、楊は「ああ、おはよう」と返すと。

「昨日は遅くまで済まなかったね、小妹《シャオメイ》。で、どうだった？」

美娜の隣に腰を降ろすなり、そう聞いてきた。

雨妹は昨日の明の様子を思い出しながら告げる。

「明様の顔を見ることはできましたが、なにせ飲み屋で飲んだくれて寝ている所でして。本人との会話は無理でした」

「そんなにかい？　どうやら私の知っている姿から、悪化しているようだねぇ」

楊おばさんがため息を吐く。

「けど、観察はできました。あれは酒の飲みすぎでかかる病です。酒を飲まずに普通の生活をしていれば、いずれ治るかと」

肝心のことを話すと、楊は少しホッとしたような顔になる。

「酒ねぇ。元々そんなに飲めないのだから、飲んだくれても楽しくないだろうに」

「なになに、楊さんの知り合いの話？」

そう言って陰りのある表情をする楊に、隣に座る美娜が口を挟んでくる。

こうもズバッと聞けるのは、美娜の性格故かもしれない。

楊は別段隠すことではないのか、すんなりと話した。

「ああ、私と同じ土地から同じ時期に都へ出てきた男さ。それなりに交流があったんだが、最近あまり良くない噂を聞いたもんで、ちょいと様子を探ってもらおうと思ってね」

楊の口から、昨日は聞かされなかった初耳の情報が出た。

「明様、楊おばさんと同郷の同期だったんですか？」

「おや、言わなかったかい？　私が百花宮に勤めたのと、あちらが兵士になったのが一緒だから、同期といえば同期かねぇ」

懐かしそうに語る楊の様子を見ながら、雨妹は考える。

明の屋敷にいたあの老女曰《いわ》く、おしめまで替えていた間柄だという。となると、明は少なくとも付き人がいる生活だったはずで、裕福な家柄だろう。そんな明と付き合いがあった楊も、それなりの家柄であると想像できる。

そうならば楊は宮女として入ったのではなく、女官から仕事を始めたのだろうか？　そうであれば外朝と関わるのも仕事になるので、明との交流も可能であろう。

雨妹はそんな風に推測してしまうが、だからどうだという話ではない。単に華流ドラマオタクの血が「考察したい」と騒ぐだけだ。

一方、美娜も別のことを考えていたらしい。

「もしかしてその男って、独り身かい？」

「そうでしたね、屋敷で主に世話をしている方はお年を召した女性で、連れ合いの方は見られませんでした」

「なるほどねぇ、独り身男ってのは、酒におぼれがちじゃあるか」

美娜が昨夜の雨妹が考えたのと似たようなことを言う。

「楊さんの同期ってなると、結構いい歳《とし》だろう？　近衛だったら女に人気があるだろうに、よほど問題でもあるお人なのかねぇ？」

首を捻っている美娜に、楊が「はぁ～」と大きく息を吐き出す。

「……まあ、問題といえば問題さね。いつまでも昔のことでウジウジしているっていうのがね。それで小妹、もう一度頼みたい」

「……なんでしょうか？」

雨妹はなんとなく言われることがわかる気がするが、一応尋ねる。

すると楊が告げるには。

「今日の仕事は休みでいいから、これからあの男の家に行って、きちんと身体について言って聞かせるついでに、酒を飲みに出るのを阻止してくれないかい？　一人でとはいわない、手伝いはきちんと用意するから」

想像通りといえば想像通りで、雨妹は不思議に思う。

あの明に対して楊は、一体どうしてそこまでするのだろう？　同郷の同期というだけで、こんなにも気にかけたりするものだろうか？

——身内ならともかく、同郷でも所詮《しょせん》他人だしなぁ……。

雨妹であれば、おそらくそこまではしない。お節介焼きな質だという自覚はあるし、見える範囲の人は助けたいと思うが、視界から外れた人までは手を回さない。そのあたりの線引きをしておかないと、キリがないのだ。

それで言うと、楊にとって明は近衛を休職して飲んだくれていても、まだ視界から外れていない人なのだろうか？

「楊おばさん、どうしてそこまで明様のことを気にするんですか？」

雨妹が直球で尋ねてみると、楊は目を伏せて言った。

「……あの男もぼちぼち夢から醒《さ》める時が来たんだと、そう思ったんだよ」

そんなわけで。

雨妹はこの日の仕事は休みになり、代わりに朝から明の屋敷を訪ねることとなった。

なんにしても、楊のように心配してくれる人がいるというのは、ありがたい事だと思う。心配というものを、人はうざったく思う時もあるのだろうが、最後に背中を押してくれるのも、誰かが心配してくれているという思いやりだったりする。

逆に孤独は病を深くする原因にもなり得るから、恐ろしいものだ。

この楊の心配が明に届くように、雨妹もできる限り手を貸すつもりである。

――それにしても、手伝いって誰だろう？

楊が今日も人を寄越すように言っていた。雨妹は「また立勇様かな？」と思いつつ、昨日も通った乾清門へと向かう。

「来た来た、おーい娘っ子！」

するとそこには、門のところで見覚えのある熊男が手を振っていた。

「は⁉」

雨妹はギョッとして思わず立ち止まる。

そこにいたのは昨夜ぶりの李将軍だが、もしやあの人が楊が言っていた手伝いだろうか？　いや、仮にも最高指揮官なのだから、それが下っ端宮女のお供になるなんてことはないだろう。

しかし、それ以外で李将軍にあんなに朗らかに手を振られる理由など、雨妹には思い当らない。

立ち止まっている雨妹と大きく手を振る李将軍は遠目にも目立っていて、門を守る兵士から奇妙な視線を向けられている。このままでいるわけにもいかず、雨妹は渋々李将軍に歩み寄る。

「あの、何故李将軍がここへ？」

恐る恐る尋ねる雨妹に、李将軍が笑顔で答えた。

「お前さんのお供だよ」

——やっぱりか⁉

悪い予感が当たってしまった。

それにしても、こんな目立つ手伝いを選んだのは一体誰なのか？　まさか楊が指名したわけでもあるまいに。これまで雨妹の付き添いといえば自動的に選ばれていた感のある、あの立勇もしくは立彬《リビン》はどうしたのだ？

「私、てっきりまた立勇様かと思っていました」

雨妹がそう零すと、李将軍が「ガハハ」と笑う。

「仲良しさんだったな、お前らは。なに、上から話が来たんで俺が手を挙げたのよ。あんまり立勇ばっかり駆り出すのも、太子殿下に悪いだろうしな」

李将軍から雨妹と仲良し認定された立勇は、どんな気持ちだろうか？　いつも「変な女だ」と思われているのはわかっているので、さぞ微妙な心境に違いない。

それに立勇も忙しい身の上だというのは、雨妹とて重々わかっているけれども、だからといって李将軍が暇だということでもなかろうに。

しかも今、李将軍は「上から話が来た」と言った。楊が李将軍より立場が上であるはずはないし、ではどこから話があちらに行ったのか？

――楊おばさんってば、一体誰にお手伝いの人手を頼んだの⁉

雨妹の周囲で、謎の人事が発動されているのに驚きだ。そしてそれに手を挙げてのこのこやって来た、この熊男にも。

「いいんですか？　私、こき使っちゃいますよ？」

雨妹が挑むように問うと、李将軍がニヤリと笑った。

「いいぜ？　体力だけは有り余っているからな。なぁに、明のヤツにいつまでもウジウジしていられちゃあ、俺も困るんだよ」

どうやら李将軍は引き下がらないらしい。

というわけで、雨妹は最高戦力をお供にして、明の屋敷へ向かうことになった。

昨日は夜の暗い間に通ったので、明の家がどこであったか迷う雨妹を李将軍が先導して、スタスタ歩いていく。

そして屋敷へ来たもののどこから訪ねようかと迷っていると、李将軍が真っ直《ま》ぐ《す》裏の戸口へと向かう。

「おやお前さん、また来たのかい？」

裏の戸から顔を出した昨日の老女が、雨妹を見て驚いた。

「はい、明様に朝から酒を飲ませるなと頼まれましたので」

「おう婆さん、まだ生きてたかい？」

雨妹と老女の会話に、狭い戸口に阻まれて姿が見えていなかった李将軍が横から顔を出す。

「おやまあ、将軍様ではございませんか、お久しゅうございますねぇ」

老女は李将軍に驚いたものの、過剰に畏《かしこ》まったりはしない。

そう言えば明は将軍にも覚え目出度い人物であったか。それにしても裏口を知っていて家人とも顔見知りとは、李将軍と明はよほど懇意だったということか。

それからすんなりと中へ通された雨妹と李将軍は、明が今しがた起きたばかりでまだグズグズしている寝所へと案内されていた。

雨妹としては一応乙女であるので、寝起きのおっさんを好んで見たくはないが、これも楊のためと思って我慢である。


「旦那《だんな》様は、夜にきちんと寝所で休んだのがよかったのか、今朝から顔色も機嫌もよろしゅうございましてね」

雨妹と李将軍の前を行く老女がそう話しながら、寝所へと案内してくれる。

やがてある部屋に近付いたところで、酒臭さが鼻につきはじめた。確かに中に明がいるようだが、臭いでわかるというのも嫌なものだ。

「想像以上な飲んだくれの臭いがしやがる。聞いていたよりも酷ぇな、こりゃあ」

李将軍がそんなことを漏らす。

まずは、老女が一人中へ入って明へ話しかける。

「旦那様、昨夜に介抱してくださったお方が、またいらしておりますよ」

「なにぃ？　立勇がかぁ？」

中から明のものであろう声が聞こえてきた。立勇の名前が出たのは、昨夜は二人して名乗りはしなかったものの、雨妹が呼んだ名前を老女が覚えていたのだろう。

「生憎《あいにく》と、立勇じゃあねぇんだな」

そこへ、李将軍がズカズカと入っていく。

「将軍閣下……⁉　なぜここへ⁉」

これには明が慌てたような声を出すが、後ろに続く雨妹からは、李将軍の大きな背中に隠されて明が見えない。顔色が良いという話だがどんなものだろうかと、雨妹は李将軍の背中からひょこりと顔だけ出す。

寝台の上にいる明は、ぐしゃぐしゃな寝具の上にだらけた格好で座っていて、ただポカンとした顔で李将軍を見ていた。

確かに、昨日よりもマシな顔色である。「やっぱり睡眠は大事だ」と雨妹が一人頷《うなず》いたその瞬間、明と目がバチッと合う。

「な、な……⁉」

すると明は目を見開き、良かった顔色が急激に白くなる。

――え、何事⁉

この変化に何事かと雨妹が驚いていると。

「まさか、慧《フウイ》……⁉」

そう叫んだかと思ったら、「ヒィッ！」という短い悲鳴と共に、身体を小さく丸めてしまう。

「え、と？」

「すまねぇ、勘弁してくれぇ！」

雨妹がこの謎の行動に首を捻《ひね》るのに、明はただただそう叫ぶばかり。その反応は、まるで幽霊にでも出くわしたかのようだ。

「なんだなんだ？　なんの話だ？」

これには李将軍も驚いて尋ねてくるが、こちらとてさっぱりわからないため、雨妹は首を横に振るしかできない。

「旦那様、どうなされたのですか⁉」

老女が身体を揺すって尋ねるのに、明は「すまない、すまない」と涙混じりに繰り返すばかり。

しばらく様子を見守っていた李将軍が、やがて大きく息を吐いた。

「……どうも、これ以上は話になんねぇみてぇだな。出直すか」

「ですかね」

雨妹もこうも怯《おび》えられては、話ができなそうだと納得する。

「おい明、しばらく酒は飲むんじゃねぇぞ！　見張らせるからな！」

李将軍が怯える明にそう叫ぶと、その場から退出した。

追いかけてきた老女が深々と頭を下げる。

「わざわざご足労いただいたのに、申し訳ございません。旦那様は一体どうなさってしまったのか……」

困ったように話す老女に、李将軍は「いいってことよ」と手をヒラヒラと振る。

「また出直すわ」

そう告げる李将軍の横で雨妹も笑顔を見せて、屋敷を後にした。


それからしばらく、二人無言で歩いていたのだが、角を曲がって屋敷が見えなくなってから、李将軍が立ち止まって振り返る。

「明のあの様子を知れば、さぞ陛下も悲しまれようなぁ」

李将軍が惜しむようにそう言った。

「皇帝陛下が、ですか?」

まさかの名前が出て来て雨妹がギョッとするのに、李将軍が顎《あご》を撫《な》でながら話す。

「あの明はな、かつては皇帝陛下お気に入りの御付きだったんだよ」

聞いた内容に、雨妹は眼を瞬かせる。

「それって、太子殿下付きの立勇様みたいなものですかね?」

「まあ、そんな感じだ」

雨妹の確認に、李将軍が頷く。

将軍の覚え目出度いとは立勇から聞いていたが、まさか皇帝からも目をかけられていたとは驚きだ。

「陛下はよほど信頼していたのか、お忍びにも明を付き添わせていたもんだ」

「それは……、えらく信頼されていたんですね」

雨妹は李将軍にそう応じながら、以前に太子から聞いた「お気に入りを連れてのお忍び外出」の話を思い出す。

そしてもう一点、気になるのは。

先程の明の叫んだ「慧」とは、雨妹の母——すなわちかつての張《チャン》美人の名前なのである。


実のところ、雨妹の見た目は髪の色が同じであるという点以外、母とは顔かたちや立ち姿といったものは、生き写しというほどそっくりなわけではない。

もちろん同じ地味顔系であるし、よくよく見れば親子であると思わせる類似点はあるようだが、尼たち曰《いわ》く「雰囲気が違うので、パッと見では似て見えない」らしい。

なのに明が雨妹を見て母の名を呼んだのは、この母と同じ髪の色だけで判断したのだろうか？だとしても、母の容姿をよく知っていたということになる。

百花宮に入れない近衛が、百花宮の中で生きる妃嬪のことをだ。

——もしや明様は、ウチの父母のデートのお守もしていたのかな？

雨妹の脳内でそんな推測が成り立つものの、だとしても名前を呼んで謝るとはどういうことか？　考えても、すんなり答えが浮かばない。

「む～ん、色々考えていると、お腹が空いてきちゃいます……」

脳は糖分を活力源にするというから、きっと糖分が足りなくなってきているのだろう。

それに雨妹はなんだかんだで宮城から出て内城へ向かうのに、そこそこの距離を歩いている。なにせ宮城の中を走っている馬車というものは、高貴な方々が乗る軒車か、荷物を運ぶ荷車しか走っておらず、庶民が使う馬車なんてものはない。故に下っ端は一つの小都市ほどもある広さの宮城の中を、ひたすら歩くしかないのだ。

今は三輪車という移動手段があるものの、あれに乗ってきて門に預けるのは盗難の面で不安があるので、まだ使用場面が限られるのである。

というわけで、こうなると元気になるには甘味をどこかで確保しなくてはならないだろう。なにせ今日は仕事ではないので、おやつを手に入れていないのだ。

けれど甘味を手に入れるためには、宮城へ戻るか外城へ出なければならない。そして外城へ出る場合、雨妹だけでは恐らく許可が下りない。

そういうことで。

「李将軍もお腹が空きませんか？　空きましたよね⁉」

雨妹は同行者をハラヘリ仲間に引き入れようと、必死の訴えを試みる。これに、李将軍が「ククッ」と笑いを漏らす。

「なるほど、噂に聞く通りの食いしん坊だな。せっかくだから外城へ出てなんかつまんでいくか？」

なんと、外城へ出るのを許可された。

「やった！」

雨妹は思わず跳び上がって喜ぶ。

この熊さん、なかなかいい熊さんである。


外城へ出た李将軍が足を向けたのは、高級な店が建ち並ぶ中央通りではなく、昨夜の飲み屋が並んでいた通りでもなく、市場であった。

——意外なような、似合っているような……。

将軍としてはおかしいのかもしれないが、熊男としては市場が似合うという、難しい男である。

そして李将軍曰く。

「こういうところで食うのが、性に合うんだよ。お綺麗《きれい》な店に座って食うのは、どうもなぁ……」

ということらしい。

「そんなことを言っても、接待とかあるんでしょう？」

雨妹が当然の指摘をすると、李将軍が嫌そうな顔をする。

「ありゃあ苦行だよ、苦行。飯の味も覚えちゃいねぇ」

そんな言葉を漏らす李将軍は、市場の人々から「将軍様、美味しいのがあるよ！」と気軽に声をかけられる所を見ると、ここへ度々出没しているようだ。なんという庶民派の将軍だろうか。

――この人、生まれてくる家を間違えたんじゃない？

将軍にまでなったのだから、一兵卒などではなく高貴な家の生まれであろう。いっそ一兵卒であった方が、もっと自由に生き生きとできたのではなかろうか？

雨妹がこんな風なことを考えながら、けれどしっかりと甘味を物色して歩いていると。

ドンッ！

「うひゃっ⁉」

通りがそこそこ混み合っていたせいだろう、運悪く通行人とぶつかってしまった雨妹は、その場で尻《しり》もちをついてしまう。

「チッ、気ぃつけろや！」

ぶつかった痩《や》せた男がそう悪態をついて走り去るのに、雨妹はムッとしたものの黙って見送る。

甘味探しに忙しくて、注意力散漫だったのは確かなのだ。

それにしてもお尻が痛い。打ち身になっていやしないかと思いながら雨妹はそろりと立ち上がり、汚れを払いつつ痛み具合を確認する。

――うん、そこまで深刻そうな痛さじゃないかな？

時間が経《た》って徐々に痛みが和らいできているので、単なる衝撃痛だったのだろう。けど帰ったら、一応湿布薬を貼っておくことにしよう、と雨妹は心に留め置く。でないとお尻に青あざなんて嫌すぎる。

その雨妹の傍らで、李将軍が一歩踏み出して片手を上げた姿勢で止まるという、奇妙な格好をしていた。

それを「なにかの運動かな？」と雨妹が首を捻っていると、やがて姿勢を直して真っ直ぐ立った李将軍が、ジロリと見てきた。注意力散漫ぶりを叱られるのかと思いきや。

「おい娘っ子よ、その襟元のモノはなんでぃ？」

そんな指摘をされた雨妹は、「襟元？」と再び首を捻って自らの襟元を見る。

「あれ？」

するとそこに、布袋と紙が挟まれていた。

――いつの間に？　全く気付かなかった……っていうかコレ⁉

「私の財布⁉」

そう、帯に挟んで仕舞っていたはずの雨妹の財布が何故か、襟元へ移動していたのだ。

「でも、この紙ってなに？」

雨妹が財布と一緒にある紙を手に取ると、文字が書いてあった。

『外では掏摸《すり》に注意せよ』

こんな内容が書かれていたのだが、どこか見覚えのある文字だ。雨妹は「う～ん」と脳内を検索して、やがて思い至る。

――あ、護衛の人の字だよ！

そう、佳《カイ》にて立勇が不在の際にやり取りをしていた、あの陰から護衛をしてくれた人の手紙の字であった。

まさか再び受け取るとは思っていなかった簡素な手紙に、雨妹はきょとんとしてしまう。

いや、それよりも考えるべきことがある。

「私ってば、財布を掏られるところだったの⁉」

「今頃気付くとは、鈍い娘っ子だなぁ」

今更慌てて出す雨妹を見て、李将軍が呆《あき》れ顔《がお》になった。

「鈍くてすみませんね、私が暮らしていた場所では掏摸《すり》なんて見なかったんですよ」

呆れられても仕方のない状況に、雨妹はむくれつつもそう言い訳する。

辺境では掏摸働きが成り立つような金を持ってうろつく人間がいなかったので、経験がないのだ。田舎だと経済はお金ではなく、物々交換で回るのである。

それにしても護衛の人に助けられたのはたまたまなのか、違うのか、そのあたりの事情はわからないけれども、とりあえずお礼にとあちらこちらに手を振ってみた。傍目《はため》から見ると変人に思われるだろうが、気付いてほしい相手に気付いてもらえればいいのである。

「エラいのがついてきているなぁ」

李将軍がそうぼやく声は、雨妹には聞こえず。

そして掏摸をし損ねた男が二つほど離れた通りに、縄でグルグル巻きにされて転がされているなんてことは、雨妹が知る由もなかった。

こんなことがあったので、雨妹は財布をきちんと仕舞ってから、改めて美味しそうなもの探しに戻る。

すると、とある屋台を覗《のぞ》こうとしていた時。

「おやぁ、昨日の夜のお嬢さんじゃねぇかい？」

横手からそう声をかけられた。

「へっ？」

雨妹は自分のことかと振り返る。

「誰でぃ、そちらさんは？」

しかしそちらには既に李将軍が立《た》ち塞《ふさ》がっていて、その大きな背中に隠されて相手が見えない。もしかして雨妹を守ってくれているのかもしれないが、横にも縦にも大きすぎて視界を塞がれるのはどうなのだろう？　まるで自分が小人になった気分になる雨妹であった。

とりあえず相手が誰かだけでも確かめようと、李将軍の背中の横から顔を出せば、そこにいたのは昨夜の飲み屋の店主であった。

「ああ、どうも！」

「やっぱりそうだった、人違いかと焦ったぜ。今日は将軍様のお供かい？」

雨妹が片手を振って挨拶《あいさつ》すると、店主がホッとした顔をする。熊男に凄《すご》まれたら、さぞや怖かっただろう。

「李将軍、この人、昨日明様が飲《の》み潰《つぶ》れていたお店の店主さんですよ」

雨妹が説明すると、李将軍は立ち塞がるのを止めて横に退《ど》いた。

「そうかい、じゃあ部下が世話になったのに、失礼したな」

ペコリと頭を軽く下げる李将軍に、店主が「いやいや」と頭を横に振る。

「こっちこそあのお客さんを引き取ってもらって、助かったってもんでさぁ。あのお客さんも、なかなか飲むのを止めなさらんでねぇ」

店主は、そう言って困ったように苦笑する。

「けどお前さんだって、客が酒を飲んでくれるぶんにゃあ、いい客じゃねぇのか？」

李将軍がそう軽口半分で言うのに、「そう言われればそうですがね」と店主が頭を掻《か》く。

「あんな飲み方は、酒が可哀想ですよ。あれらだって美味く飲んでもらうために手間暇をかけられたんだろうに」

店主はそう言って寂しそうにため息を吐くと、続けて言う。

「けどうるさく言って追い出せば、別の店でしこたま飲まされちまう。飲み屋だって商売なんで、こっちが『もう酒を飲ませるな』なんて言えねぇや。だから余所の店から流れてウチに来たら、最初にキツい酒を出して、早く寝るように仕向けるのさ」

「そうだったんですか」

昨日酔い潰れていた裏事情を知り、雨妹はなんとも言えない気分になる。この人なりに、いつも飲んだくれている明のことを心配していたらしい。

「ああ、すみませんね、なんだか暗い雰囲気にしちまいましたね」

雨妹がしょんぼりしたように見えたのだろう、店主がそう言ってカラッと笑う。

「いんや、お前さんの言う通りだ。せっかくの酒を美味しく飲めねぇヤツに、飲ませたくはないもんだ」

李将軍が同意するのに、雨妹もウンウンと頷《うなず》いた。

「そうですよね！　私だってお気に入りのお饅頭《まんじゅう》をマズそうに食べられると、『もう一生食べるな！』って言いたくなります！」

雨妹たちの言葉を聞いた店主は、嬉《うれ》しそうに笑う。

「そうでさあ、ぜひこの気持ちをあのお客にもわかってほしいもんですな」

店主が明るく告げると、「そうだ」と手を叩《たた》く。

「饅頭と言えば、この先にある屋台の饅頭は美味いですぜ」

――ほほう！

お勧めされたとあっては、行ってみなくては。

というわけで、店主と別れた雨妹たちは、その美味しい饅頭を売る屋台へ行ってみることにした。

「あ、あれですかね？」

雨妹は前方の人だかりのある屋台を指さす。

「ほう、あれだけ人が集まるってことは、よほど美味いのかねぇ？」

李将軍も興味が出たようで、二人して屋台に並ぶことになる。

「らっしゃい、今日の饅頭はコレだよ！」

威勢の良い女の声が響く屋台に並んでいるのは、黄色い皮の饅頭だった。

「なにか練り込んでいるんですか？」

雨妹が尋ねるのに、「そうさ」と女が頷く。

「瓜《うり》の実を練り込んでいるんだよ」

「瓜かぁ」

瓜と言っても、その種類は様々である。果たしてどんな味なのかと思いつつ、雨妹は饅頭にかぶりつく。そして一口目で気付いた。

――この味、かぼちゃだ！

そう、前世で言うところのかぼちゃを練り込んである饅頭であった。

この国にはかぼちゃに似た瓜が数種類あるのだが、それらは実ではなくて種を食べることが多い。そんな中でこれは、珍しいかぼちゃの実を練り込まれた饅頭であった。かぼちゃの風味が感じられる饅頭は、なかなかに美味である。

「これ、南方で穫《と》れる瓜でしょう？　種じゃなくって実を使うのって珍しくないですか？」

雨妹が尋ねると、女が「よく知っているな」と目を見張りながら答える。

「そうさね。でも種だけ取って捨てるのも勿体《もったい》なくて、食べられないかと色々やって、こうなったんだよ」

素晴らしい試行錯誤である。ぜひそのまま、かぼちゃ料理を開発してほしい。雨妹は前世で、かぼちゃのパイやかぼちゃプリンだって好きだった。

かぼちゃ饅頭でお腹が膨れたところで、雨妹は改めて考える。

――それにしても、どうやら明様のああなった切っ掛けはウチの母かぁ。

雨妹は尼たちから聞いた話でしか母の情報が無く、具体的にどんなことがあったのか知らないいまだ。最近ちょこちょこと補足情報が入っているものの、大筋の内容は変わっていない。

しかしこうなってくれば、母が百花宮で一体どんな生活を送っていたのか、知りたいというか、知らなければならない気がしてきた。

せめて、明がなにを思い悩んで母の名を呼び、謝罪を口にするのか、それを知りたい。

もし、明が酒に逃げる原因が雨妹の母であるのなら、なんとかしてあげたい。そうしないとなによりも、雨妹がモヤモヤしてしまう。

「む〜ん、問題は一体誰に聞くべきか……」

雨妹がそんな呟《つぶや》きを漏らしながら難しい顔で饅頭にかぶりつくのを、李将軍が面白そうな顔で見下ろしていた。

＊＊＊

時間は少々遡《さかのぼ》り、雨妹が李将軍と外城へと出ていた頃。

近衛として訓練を早めに切り上げた立勇が宦官《かんがん》に変じて太子の執務室へ向かうと、明賢《メイシエン》はちょうどお茶を飲んで休憩していた。

使っている茶器は、雨妹が佳で選んだあの取っ手のついた杯である。決して明賢の身分に相応《ふさわ》しい茶器とは言えないのだが、どこか異国風の意匠であるのと、お茶を飲みながらボーッと考え事をしてうっかりお茶を零すということも減ったため、愛用するようになったようだ。

雨妹は「太子殿下に買うのならば」とお付きの秀玲の分も意匠違いの杯を選んでいて、お茶が好きな秀玲は珍しい茶器も好むので、この取っ手付き杯の土産が嬉しかったようだ。

そんな気を休めるお茶の時間に少々問題のある報告をしなければならないことに、立勇は申し訳なく思いつつ口を開く。

「雨妹が本日、李将軍と出かけたようです」

「なんだって？」

立勇の話の内容に、明賢が眉《まゆ》をひそめる。

立勇が近衛の訓練場に向かった際に聞いた話だと、そもそもこれは楊から「宮女の外出の付き添いを、できれば立勇様にお願いしたい」という意向で伝えられたようだ。

本来ならば宮女の見張りも兼ねた付き添いを一般兵士ではなく近衛に頼むなど、過剰な待遇だと言われるだろう。けれど前回も今回も上からの通達だったので、上司は疑問を差し挟む余地などなかったようだ。

それにその上司は先だって、立勇が宮女を食堂へ連れてきた場面を目撃したらしく、「ああ、あの娘か」と思い当り、慣れた相手がいいのだろうとも考えたようだ。

そのためすぐに立勇を呼び寄せようとしたらしいのだが、これに突然、李将軍が横槍《よこやり》を入れてきたのだという。

「その付き添いには俺が行く。立勇ばっかりを使っては、太子殿下に申し訳ないからな」

李将軍にこう言われては、上司に否を言えるような度胸はない。

そんなわけで、雨妹は李将軍と宮城の外へと出かけることになったのだった。

この話の流れを聞いて、明賢が眉を寄せて「う〜ん」と唸《うな》る。

「李将軍か。なんでまたそんな大物が、下っ端宮女の付き添いに名乗りを上げたのだろうね？」

明賢の疑問に、立勇も同じく眉を寄せた。

「確かに先だって近衛の食堂へ案内した際には、雨妹と顔を合わせましたが、二人が仲を深めたということでもなく、いたって普通の世間話をしただけだったはずです。それに用心でしょう、雨妹は李将軍に名乗りもしなかった」

立勇の話を聞いた明賢は、思案顔になる。

「そうなると、李将軍があの娘の出生絡みで動いたという線もなくはないだろうが、薄い気がするね。では将軍の目的が、その明永とやらになるわけだけれども」

明賢がそう言って、「それに」と続ける。

「李将軍をそんなお遣いのような用事で動かせる人物といえば、父上――皇帝陛下の他にはいないか」

「……私も、そのように考えます」

明賢の意見に、立勇も頷く。

以前から思っていたことだが、どうやら宮女の監督者である楊は、皇帝である志偉《シエイ》と繋《つな》がっているように思える節がある。雨妹の行動が志偉に漏れているようであるのは、明らかに楊が原因だろう。

　まあ、今はそのことはいいとして。

「父上は一体どういうつもりで、李将軍を雨妹に付き添わせたのだろうね？」

　明賢が今回の事での一番の疑問を口にした。

「そもそもその明という近衛は、どういう人物なんだい？」

　明賢にそう尋ねられるが、立勇は返せる答えを多くは持っていない。

「私も詳しくは知らないのです。私が近衛になった頃には、明様は病んで近衛の仕事から遠ざかって休養しておいでででしたから」

　立勇の答えに、明賢は「それだよ」と告げてくる。

「その待遇も謎だ。近衛は病んだ者をいつまでも抱えておくような優しい場所ではない。なにか大きな手柄があって、名誉職を与えて隠居させるならばともかくとしてだ」

「明様は上の覚え目出度い方ではあるようですが、確かに特別扱いではあります」

　明賢の指摘に、立勇も同意する。

「そうまでさせるだけの事情が、その明という男にはあるのかな？　そのあたりについてなにか聞いたかい？」

　明賢から尋ねられたが、立勇はこれに首を横に振る。

「それについては私も少々探りを入れてみましたが、いかんせん近衛の年寄り連中が口が重いのです」

そう、立勇は縁あって明を見舞った話をきっかけに昔の話を聞こうとしたのだが、何故か誰からも「大した話はできない」と話をはぐらかされるのだ。

これに明賢が「ふぅむ」と首を捻《ひね》る。

「なるほど、ますます事情がありそうだね。それにその事情に、雨妹が関係しているのかな？　でないと父上がわざわざ雨妹を巻き込むとは思えない」

「確かに、そう考えるのが自然です」

立勇は頷くと同時に、心配になる。

――雨妹め、今度は一体なにに巻き込まれているのか？

立勇は雨妹の暢気《のんき》な顔を思い浮かべる。あの娘は逞《たくま》しいので、どんなことであっても結果としてどうにかしてしまいそうだが、身分がなんの力もない下っ端宮女であることには変わりない。偉い人間に振り回され、あの暢気な顔がしかめっ面になるのは可哀想に思う。

「今度、饅頭でも持って様子を見に行ってみます」

「そうしておくれ」

立勇の言葉に、明賢が表情を緩めた。

＊＊＊

外城でお腹を満たして百花宮へ戻った雨妹は、楊の元へ報告へ向かう。

「お帰り小妹《シャオメイ》、どうだったかい？」

楊の方も雨妹を待っていたようで、早速立ち話で尋ねられた。

「それがですね」

雨妹は、まず門に李将軍が待ち構えていて驚いたことを話す。

「李将軍かい、まあなんというお人を……」

楊が顔を引き攣《つ》らせている所を見ると、彼女にも予想外であったらしい。

「あの、やっぱり楊おばさんが頼んだんじゃあないってことですか？」

李将軍から聞いているものの、念のためと尋ねた雨妹に対し、楊がしかめっ面をした。

「私にそんな伝手《つて》があるもんかい！　他のお人にちょいと同行者を用意できないかとお願いしただけなんだがねぇ。てっきりいつものあの方かと思ったのに……」

楊はそう言いながら頭痛を堪えるような様子だが、一体誰を介すれば李将軍にまで行き着くというのか？　雨妹は尋ねたいような、聞いてはならないような微妙な心境である。

なのでそれについては深くは触れず、話を先に進める。

「それでですね、起きている明様に会うには会ったんですけど、何故か酷く怯《おび》えて話にならなかったんですよね」

「あの男はなにをしているんだか……」

雨妹の話に、楊がため息を吐く。

「じゃあ、とんだ無駄足を踏ませちまったわけか、済まないね小妹」

謝罪を口にする楊に、雨妹は言ってみる。

「あの、こうなるとですね、明様がなににそんなに怯えているのかが気になるっていうか」

明が雨妹の母の名を口走ったことは、楊に話したりはしない。雨妹としては、いっそ忘れた方が今後の平穏のためな気がするのだけれど、忘れようにも忘れられないのだ。

それでも大きな声で「教えて！」とは言い辛く、多少遠慮しつつ言ってみる雨妹を、楊が真っ直ぐに見てくる。

「知りたいかい？」

雨妹はその視線の強さにドキリとしながらも、コクリと頷《うなず》く。

「そうですね、知りたいです。でないと大の大人にあんなに怖がられた私が、よっぽど鬼女みたいじゃないですか！」

雨妹が力説するのに、楊はふっと表情を和らげる。

「お前さんは、本当に揺れないねぇ。そうかい、だったら当時の事に詳しいお人がいる。話を聞きたいのならば会わせてやることができるがね」

楊はそう話すと、雨妹と目を合わせる。

「本当に聞きたいかい？」

「……！　はい、お願いします！」

雨妹は勢い込んでそう告げると、ペコリと頭を下げた。

そんな約束の後。

楊が話を聞かせてくれる人と会えるように設定したのは、翌日の夕刻であった。

雨妹にとっては夕食後にのんびりできる至福の時間だが、その相手がその時しか身体が空かないそうで、仕方なくその時間を明け渡すことにする。

待ち合わせ場所になっている回廊の隅で、雨妹は日が陰って来ると共に秋の風が冷たくなるのを、建物の陰に入って凌《しの》いでいた。

「小妹、待たせたかね」

すると、楊が誰かを連れてやってきた。

顔を伏せ気味に歩いてきているあの人が、話を聞かせてくれるという人であろう。宦官の格好をしているが、明とはどういう関係なのか？ と雨妹は目を凝らしてその人物を見る。

――なんだろう、どこかで会ったことがあるような……。

ふと、雨妹はそのように思った。

それも、よく見知った相手などではなく、数回顔を合わせたことがある、くらいの人物な気がする。しかし、雨妹の交友関係はそう広いわけではないし、宦官となれば立彬しか知り合いはいない。あとは医官の陳くらいか。

それ以外で顔を覚える程度に一緒に行動した宦官が、果たして他にいただろうか？

「う～む」と雨妹が唸っていると、その宦官が伏せていた顔を上げる。

雨妹の目に飛び込んできたのは、青い目だ。

その時、雨妹の中に衝撃が走った。

「え、あ……？」

雨妹は言葉にならない声を漏らす。相手が何者か、わかってしまったのだ。

——まさかこの人、皇帝陛下⁉

そう、雨妹が数回遭遇した経験のあるあの皇帝が、宦官《かんがん》の格好をしてそこにいたのである。

あまりのことに全身が固まってしまって礼の姿勢もとれない雨妹だが、何故すぐに皇帝だと気付かなかったかというと、その顔に髭《ひげ》がないからだ。

この国の男にとって髭は、男らしさの証である。庶民だと手入れが面倒で剃《そ》ることが多いが、偉くなると髭を生やすようになるものだ。若者だと髭を生やすと、逆に「偉ぶっている」と思われるそうで、生やさないようにする気遣いがいるらしいが。

つまり、国で最も偉い皇帝ともなると髭は必須《ひっす》で、その皇帝が髭を剃って宦官になりすますだなんてこと、誰が想像するだろう？

——いやいや、まだわからないし！　皇帝陛下のそっくりさんかもしれないじゃんか！

世の中にはよく似た人というのが案外いるものだし、と雨妹は現実逃避気味に考える。

この現れた男が皇帝なのか、それともそっくりな宦官なのか？　雨妹は、答えを探ろうと楊をちらりと見やるが、その楊は顔を余所に向けていて目が合わない。

——楊おばさぁん、助けてくれないの⁉

雨妹がすがるような目を楊に向けていると、宦官が「ウォッホン！」と咳《せき》ばらいをする。

「私は杜俊《ドウジュン》という。そちらかな？　明永について話を聞きたいと申すのは」

そう言ってきた杜と名乗る宦官は、ニコリと笑って友好的な雰囲気であった。

――う～ん、どっちかなぁ？

雨妹は皇帝の渋い声しか聞いたことがないが、偉そうにせずに明るく朗らかに話すとこういう声になるのかもしれない、という気がする。

どれほど考えても答えが出ない以上、ここで裏読みをしても仕方ないのではなかろうか？

少なくとも、たとえ目の前の人物が皇帝本人だとしても、宦官の格好をしてこうしてやって来たのだ。ならばどれほど怪しいとしても宦官なのだろう。

よく考えると、それは立彬と同じである。

――そっか、そうだよね！

そう考えたとたんに、雨妹は気持ちが軽くなった。この人は宦官で、髭を生やしたら皇帝陛下のそっくりさんな人。そういう体で話をしても、雨妹が叱られることはないのだ。

雨妹は自分の中で答えが出たところで、深呼吸をして気持ちを落ち着かせる。

「はい、明様になにがあってああなったのか、知りたいです」

「そうか、では語って聞かせよう」

雨妹がそう言うと、杜が本題に入った。

「そなたは、かつてここ百花宮から辺境の尼寺へ追放された美人がいたことを、聞き知っているかな？」

「……！　はい、なんとなくですが聞いています」

冒頭からずばり母についての話をされ、雨妹はドキッとしながらも頷く。

杜は「そこそこ有名な話だ、知っていて不思議ではない」と言い置いて、言葉を続ける。

「その明はな、皇帝……陛下より直々に頼まれ、その美人を辺境の尼寺まで送り届ける役目を負った男であるのよ」

「そうなんですか⁉」

雨妹にも初耳の話が出て、思わず大きな声が出てしまった。

そう言えば、母はどうやって女一人で辺境まで行けたのかということまで、あまり深く考えていなかったかもしれない。ただ漠然と、護送みたいにして連れて行かれたのか、くらいにしか思っていなかったのだ。

しかし、話はそれよりも酷いものだったようである。

「当初はな、その美人は追放を命じた者の根回しによって、たった一人で都から放り出されるはずだったのよ。着るものも何も持たされずにだ」

近隣の里には美人の追放の知らせが前以《まえもっ》て広まっていて、保護などをしないようにという通達までされているくらいの徹底ぶりだったとか。そんな状態で辺境にたどり着くなど、はっきり言って不可能であろう。どこかの道端で野垂れ死ぬのが関の山である。

追放した者は、己の手を汚さずにその美人を始末してしまおうという考えだったのだろう。

だがそれを察知した皇帝が、己の信頼する近衛にその美人を無事に送り届けるように頼んだのだそうだ。

そして、皇帝には別の思惑もあったようで。

「明はな、その美人を憎からず想っておった男であった」

杜の口から出たのは、なんと母のもう一つの恋話である。

――そりゃあなんていうか、モテモテだな母⁉

自然と聞く体勢が前のめり気味になる雨妹に、杜は話を続ける。

「明が主と美人との忍びの外出に付き添う内に、密《ひそ》やかな想いを抱くのはそう不自然なことではあるまい？　当然朕……ゴホン、皇帝陛下も察しておったが、見て見ぬふりをしておった」

「……何故ですか？」

できるだけ口を挟まずに聞こうと思っていた雨妹だったが、つい疑問が口から出てしまう。

これが華流ドラマであれば、そこから嫉妬《しっと》によるドロドロの関係が始まるところであろう。それがあまりにあっさりとし過ぎているのではないだろうか？

――いや、平和に越したことはないんだけどね。

現実と華流オタク脳との狭間で悩ましい雨妹に、杜が懐かしむような目をして答えた。

「明は臣下であると共に、大事な友だからだ。もしその美人に百花宮から解放されたいと願われれば、明への降嫁を考えるほどには思うておったのよ」

けれどその機会が最悪の形で訪れてしまったことで、皇帝は考えたそうだ。

「明に申したのは、『その美人の供をして、お主の思うように行動せよ』というものだった。明がそのまま美人と駆け落ちしても、良いと思っておったのだ」

杜曰《いわ》く、何度も何度も念を押した皇帝に、明は深く頷きを返し、美人を追いかけて都を出立したそうだ。

けれど、母は辺境の尼寺へたどり着いてしまい、明は現在都にいるわけで。

「明様は、駆け落ちを選ばなかったのですね」

雨妹の呟《つぶや》きに、杜は「そうだ」と肯定する。

「明は美人を辺境の尼寺にまで送り届け、都に戻って来た。美人の訃報《ふほう》を聞かされたのは、その直後であるな」

「そうなんですね……」

雨妹は相槌《あいづち》を打ちながら、当時の時間軸について考える。

ということは、明は元気な母と別れて、都に戻ったら母が死んだと聞かされたわけだ。手紙が届く早さは明が戻るまでの時間と大して変わりないだろうから、母は明と別れてすぐに、自ら命を絶ったことになる。

明もそれはさぞかし辛かっただろう。

そして同時に、雨妹は考える。

――なるほど、道理で辺境で私が放置されていたわけだよ。

そもそも、雨妹が自身に皇族の血を引くと言われても信じなかったのは、ここにある。

本当に都落ちした高貴な人であれば、それなりの集団に守られて連れて来られただろうと思ったのだが、辺境でそのようなことがあったという話を聞かなかった。だから雨妹は「幼い子供に夢を持たせるための絵空事だ」と考えたのだ。

それがまさか明というたった一人の供だけでの旅路の末に、辺境までたどり着いたとは。

それに尼寺の尼たちは雨妹を厳しく教育したが、一方で尼寺の外では「こんな辺境で、学がなんの役に立つ」と馬鹿にされたものだ。

これも恐らくは、雨妹が百花宮から追放された女の娘であると知るのは尼寺の尼たちのみで、他では里長すら知らなかったのだろう。明が皇帝に持たされた書状のようなものがあったとすれば、それだけが母の身分を証明したのではないだろうか？　そしてそれを見たのは尼たちだけで、彼女たちは訳ありの娘を守るためにも他に知らせず、ただただ雨妹に教養を叩《たた》きこんだのだろう。

もし里長がこのことを知っていたならば、雨妹を都に送り出した際に里長からなにかしらの言伝があったに違いない。例えば「皇族であるならば、都から援助金を貰《もら》えるようにして来い」くらいは言いそうだ。

一人納得している雨妹をよそに、杜が難しい顔をして話を続ける。

「今考えてもわからぬのだ。真面目なあの男に、無理を強いてしまっただけであったのか？　あの時一体どうすれば、皆が幸せになれたのか？　……と皇帝陛下は今も悩まれておる」

杜が最後にだんだんボロが出た言葉を取り繕うように付け加えると、苦しそうな表情で俯《うつむ》く。

その姿を見ていると、雨妹まで心が重たくなってくる。

——皆、母が好きだったから、色々考えたんだなぁ。

雨妹は母の姿も思い出も記憶にないので、想像することも難しく、それこそドラマの中の話のようにしか脳内で描けない。

けれど、全ては「好き」という気持ちが一番最初にあっての、行動だったわけで。

「好き」という気持ちは、人の背中を押す希望にもなり、縛り付ける呪縛にもなるもの。特に母が既に死んでしまい、その意思を誰も確認できなくなってしまっては、呪縛から逃れようがなくなってしまう。

その呪縛に今、明は縛られているのだけれど、生きている人間は縛られたまま留《とど》まっていてはいけないのだ。

そして、二人に苦難を強いてしまったと嘆く、この目の前の男も。

雨妹は多少迷ったが、意を決したように真っ直ぐに杜を見る。

「私が思いますことを、発言してもよろしいでしょうか？」

「なんであるか？」

そう告げた雨妹に杜が先を促すので、「では」と語り出す。

「明様がその美人の方と添い遂げずに辺境の尼寺まで送り届けた点です。これは私の想像ですが、明様はその美人のお方を好いていたとしても、駆け落ち者としての苦労を共に背負う覚悟が、己にはないことを知っていたのではないでしょうか？」

人がそれまでの経歴を捨てて一から生き直すのは、言うほど簡単ではない。どうやら明はお坊ちゃん育ちなようであるし、そんなお坊ちゃんが農村に紛れ込んでひっそりと暮らすのは、かなり難しいに違いない。なにしろ、自分の世話も満足にできないのだから。

かといって、近衛であった経験を生かして兵士として働けば、きっとどこからか足がついて、皇太后の手の者に見つかってしまう。

つまり、明はそうまでして雨妹の母と共に在る生き方というものを選べなかったのだ。

そして想いを寄せる美人に逃亡者の苦労をかけるより、たとえ貧しかろうと尼寺で安心して暮らす方が幸せなのでは？　と考えた。その選択は、決して非難されるようなものではないだろう。

そして共に辺境まで行ったということは、これを母も了承したのだと思うのだが。

この雨妹の推察に、杜は「なるほど」と頷《うなず》く。

「明は確かに、ただ命令に忠実で真面目というだけではなく、思慮深い男であったな……であっても、そう話してくれれば、誰もその選択を責めたりはせなんだのに」

杜が悲しげに目を伏せる。

「せめて、美人が自ら命を絶ったのでなければ、明もあれほどに己を責めなかったかもしれぬが、それも今語っても仕方のないことよな」

そう言ってしばし無言でいた杜だったが、やがて「よし」と気合を入れ直すように顔を上げた。

「お主の疑問に答えるつもりが、こちらの苦悩を晴らしてもらうことになろうとは思わなんだ」

そう言ってニコリと笑う杜は、もう先程の悲しみの表情を引きずっていない。気持ちの切り替えが早いのはさすがだな、と雨妹が感心していると。

「そなた、雨妹はなんとも聡明《そうめい》な女子よの。きっと母君も喜んでおろう」

杜が褒め言葉と共に、雨妹が名乗っていないにもかかわらず名を口にした。ここへ来てから一言も口を挟まずにいる楊から聞いた可能性もあるのだけれど、そこは深く追及しない方がいいだろう。

「お褒めいただき光栄です。話を聞かせてもらえて、とてもためになりました」

ペコリと頭を下げた雨妹に、杜が眉《まゆ》を上げる。

「ほぅ、ためになったかな？　若く未来ある娘には、かなり胸の悪くなる話であったと思うが」

この杜の言葉に、雨妹は「はい」と頷く。

「非常に勉強になりました」

「どのような学びを得たのか、聞いてもよいかな？」

尋ねる杜の好奇心の光を宿らせる目を、雨妹は真っ直ぐに見た。

「どのようなことであれ、真実を知らなければ進めないこともある、と学びました」

そう告げた雨妹と杜の視線が、真正面からぶつかる。

しばらく無言で見合っていた両者だが、やがて杜が「なるほど」と言葉を紡ぐ。

「確かにそうであろうな。真実は時に残酷だが、それを乗り越えねば幸せを得られぬこともあるか」

そう言って杜が感慨深そうに頷く。

——そう、人は誰でも、逃げ続けることなんてできないんだから。

人生では、時には逃げることだって大事だ。けれど、逃げ続けるのも辛い。この気持ちの切り替えをするのは、本人にしかできないわけで。

今、明は逃げるのを止めて前に進むために、知らなければならないのだろう。

母の真実を。


皇帝にそっくりさんな宦官《かんがん》と話をした、翌朝。

雨妹はまたもや門を抜けようとしていた。

楊の依頼で三度、明の元を訪れるためである。

――今日こそは、話をするんだからね！

そう意気込んで向かっていると、門で合流する雨妹の付き添い人が見えてきた。今度は誰だろうかと思って、目を凝らして門を見る。

「おぅい、娘っ子ぉ！」

すると、大声で怒鳴りながらこちらに手を振る大柄な男がいた。

そう、なんとまたもや熊男がいたのだ。

それとももしかして別件で、たまたま門にいただけかもしれない。そのあたりはどうなのかと、雨妹が首を傾げながらも李将軍の方へ近寄っていく。

「今日もあなた様なのですか？」

とりあえずそう尋ねてみると、李将軍が頷いてきた。

「いやぁ、俺も頼まれた以外にも、ちぃっとガツンと言ってやりたくてなぁ！」

李将軍がそう言って片手を拳《こぶし》にして振り下ろすそぶりをする。

――李将軍を寄越したのはもしかしなくても、あのなんちゃって宦官か！

あの人はよほど明のことが気がかりだと見える。

まあそれはともかく、雨妹が李将軍と合流したならばとっとと向かうことにした。

雨妹は三度目にして慣れた明の屋敷への道を行く。

「屋敷におられますかね？」

もしや飲みに出ていたりしないかと、雨妹が心配していると、隣で李将軍がニヤリと笑う。

「いるはずだぜ、出て行かないように部下に見張らせてあるからな」

なるほど、「見張らせるからな！」という前回訪れた時の言葉を実践しているわけか。

明の屋敷が近付いて来ると、確かに屋敷の入口に体格のいい男が立っているのが見えて、李将軍を見て頭を下げてくる。私服だが、李将軍の部下の人たちなのだろう。ちなみに表と裏の両方の入口を見張らせているという。

「中の様子はどうだ？」

「それが、自分も明様と揉《も》める心づもりだったのですが、不気味なほど静かで、一度も出てこないのです」

見張っている男が不思議そうな顔でそんなことを言った。これを聞いて、雨妹と李将軍は顔を見合わせる。

——あの時、かなりの怯《おび》えっぷりだったしなぁ……。

もしやあれからずっと雨妹のことを母の亡霊と勘違いしたまま、怯えているのだろうか？　雨妹はそんな懸念を抱きつつ、李将軍に連れられて裏の戸口へと向かう。

「おや、いらっしゃいましたか」

するとは老女は雨妹たちを見て、もはや驚かない。入口に見張りを付けてあるので、その内に来るだろうと考えていたのだろう。

「どうだ、明の奴は?」

「それがでございますねぇ……」

李将軍が尋ねると、老女は困ったようにため息を吐く。どうやら、あまりよろしくない状態であるようだ。

「とにかく会ってやってくれ」と言う老女に案内され、雨妹たちは明の寝所へと通される。

するとそこにいたのは、目の下に酷い隈《くま》を作って牀にボーッと座っている明であった。

「うわぁ……」

まるで幽鬼のような様子に、雨妹は思わず声を漏らす。するとその声が聞こえたのか、明がこちらを向いた。

「ひぃ、慧《フウイ》!」

そう悲鳴混じりの叫び声をあげると、慌てすぎて牀から転げ落ちる。

「また出たのか、やはり俺を恨んでいるのか……!」

しかし落ちた体勢のまま、起き上がることなくブルブル震えている。

――なんだ、私はオバケかなにかか?

明の様子に、雨妹は心配を通り越して呆《あき》れてしまい、出立時の意気込みも落ち着いてきていたりする。

人間、目の前の者が動揺したら、逆に冷静になるものらしい。

「俺に意気地がないばかりに、お前を死なせてしまった！　すまねぇ、すまねぇ……！」

そんな雨妹に尻《しり》を向けて謝る明に、李将軍は「どうしたものか？」と困り顔だ。

「おい明よ、とりあえず落ち着けや」

「ひぃぃ、すまねぇ、すまねぇ」

李将軍が声をかけても、全く立ち直らない。

どうやらこの場をどうにかするのは、雨妹の役目であるようだ。

――仕方ないなぁ、もう。

雨妹は明の傍まで行くと、両足を軽く広げて踏ん張り、その背中を前に大きく息を吸う。

そして……

「立ちなさぁーい‼」

雨妹のドスのきいた腹の底からの怒鳴り声が、室内に響き渡る。

「ひぃっ⁉」

明が反射的といった様子で、涙と鼻水でグシャグシャな顔ながらも立ち上がった。

「よろしい」

それを見た雨妹は満足そうに頷く。

前世でどんなパニック状態でも一発で鎮めてみせた看護師長の一声は、今世でもちゃんと効くよ

うだ。

「まるで大隊長の一喝のようだったぞ」

李将軍は突然の大声で耳鳴りがするようで、しきりに頭を振っている。

一方で老女はなにかを察知したのか、いつのまにか部屋の外へと避難していた。さすが年の功である。

「は、あ？」

明は立ち上がったものの、何故自分が立ち上がったのかわからないらしく、きょとんとした顔をしている。そして雨妹の方を見たのだが、もう先程のように怯えたりしなかった。

雨妹の怒鳴り声が怯えを吹き飛ばしてしまったのかもしれない。

「まず言っておきますが、私はその慧とやらではありません。誰かと混同されて勝手に怯えられては迷惑ですから！」

腕を組んでビシッと言い放つ雨妹に、明は呆気《あっけ》にとられている。

そして前回訪れた際もそうだったが、李将軍はこの慧という名前にも、雨妹の容姿にもピンと来ていなかった。恐らくは明の身の上に起きたことは知っていても、皇帝お気に入りの美人の容姿や名前までを知らないのだろう。

なにせ母は後宮という閉ざされた場所で生活していたのだから、会える相手は限られていたはず。兵士という立場の人と会うことなどなかったのも無理はない。妃嬪と会うなんて、むしろ後宮に立彬として出入りしている立勇や、皇帝のお忍びのお供をしていた明が稀《まれ》なのだ。

「私は楊おばさんの部下で、ただの新人下っ端宮女です」

「楊の、部下？　違う？　いや、そういえば若い……？」

まずは今更の自己紹介をすると、ようやくこちらの言葉が耳に届いた明は戸惑っているが、雨妹はまた恐慌状態にならないようにと畳みかけるように語る。

「聞きましたよあなたの事情は。なんでも皇帝陛下の美人を、辺境の尼寺にまで送っていかれたとか。私は辺境から都へ来ましたからわかりますが、都から辺境までは道なき道を行くようなものですから、さぞご苦労だったことでしょう」

「お前さん、辺境から……」

驚く明に、雨妹はさらに続ける。

「それに私はそのような境遇の女性を知っているという人の話を、知り合いに聞いたことがございます」

そう切り出したことに、明のみならず李将軍までもが、呆気にとられていた。

――これぞ話をする時の必殺技、『友達の話なんだけど』よ！

この話はあくまで、雨妹の知り合いからの又聞きの話。決して雨妹の身の上話なんかではないので、雨妹の立場にはなんの影響もないのだ。

先だってのあの宦官杜と同じやり方である。

戸惑う男たちを前に、雨妹は語る。

「その知り合いが言うには、珍しくも辺境に都からやってきた女性が、尼寺にいらっしゃったそうです。彼女は貧しい生まれの方だというのに、どんな幸運を授かったのか、高貴なる方の御目にとまり、子を授かることができたそうで。それは想像したこともない幸せであったそうです。ですが、その幸せは長く続くものではなく、子と共に辺境の尼寺までやって来てしまった」

「あぁ……」

雨妹がざっくりと話した母の人生に、明の目が暗く沈む。ここまでが、明の知っている母の物語だろう。

しかし、雨妹の話の本題はここからだ。

「その女性は辺境の尼寺で親身になってくれた尼に、こう申したそうです。『このまま生きてあの方を恨むようになりたくない、幸せな気持ちを抱いたままでいたい』と。それから数日後に、自ら命を絶ったという話でした」

雨妹の語る結末に、明が目を大きく見開く。

「なんと、なんという……！」

声を振り絞るようにして嘆く明に、雨妹は「しかし！」と叫ぶ。

「私は、その女性を可哀想だと思うと同時に、愚かだと思います。だって、どうして幸せはもう来ないと決めつけたのでしょうか？　一緒にいたはずの子は、幸せをもたらす存在ではあり得なかったのでしょうか？　もしかして、その子が過去を凌《しの》ぐ幸せを、未来の彼女にもたらしたかもしれないのに」

雨妹はこれまで誰にも、尼たちにすら言えなかった母に対する憤りを、静かな声ながらも強い口調で告げる。

「娘っ子……」

李将軍が目を見開いてそう漏らす。明は声も出せずに、ポカンと口を開けて呆《ほう》けている。

しばし沈黙が流れたが、明がハッとしたように告げてくる。

「いや、それだとまるで、慧が子を捨てたかのようではないか？　彼女は決してそのような、酷い女では……」

なんとか母を悪く思われまいと言い繕おうとしている明だが、上手く言葉にできていない。

そんな明へ、雨妹は冷めたというより、呆れた視線を送る。

明の嘆きはあくまで母、慧に向けられたもので、彼女が産んだ赤ん坊のことはスポッと抜け落ちていた。恋をする相手はあくまで一人の女性である慧で、母親である慧ではなかったということだろうか？

――全く、誰も彼も、恋愛脳か⁉

「恋こそ全て、恋こそ人生」というのは、娯楽として読む物語としてはいい話となるだろう。そして母も、この明も、そんな恋愛物語の中で生きてしまっていた。

しかし惚《ほ》れた腫《は》れただけで人が誰かと一生を添い遂げることは難しいのだと、雨妹は大往生した前世でよぉ～くわかっている。

雨妹に言わせれば、母と明は己の憐《あわ》れに酔いしれて現実を見ることができなかった、可哀想な人たちだ。

「その女性は、もっと生きていれば可愛《かわい》い盛りの我が子を愛《め》でてデレデレになれたのにと、あの世で精一杯悔しがっていればいいんですよ！　でないと、懸命に生きている人たちに失礼です！」

雨妹が心の底からそう告げるのに、明はなにか言いたいようだったが、結局言えないままに黙る。

――そうでないと、私の中の「雨妹」が可哀想だ。

「雨妹」は皇帝に、父に、お互いに生きていたから会えた。

けれど死んでしまった母とは永遠に会えない。

それは母も同じことで、子の成長を永遠に見ることは叶《かな》わない。その自ら捨てた幸せは、一体どれほどの価値があったことだろうか？

世の中、幸せと不幸せは釣り合うようにできているもの。それをトントンに持っていくためには、最後まで懸命に人生を全うしなければならない。そうした者だけが、真の幸せを知るのだ。

しかし母はそれをせず、もう幸せは過ぎたと決めつけた。

母がそんな性格だとわかっていたから、追っ手のようなものもなかったのだろう。本気で狙われたのであれば、辺境へたどり着けたはずもない。おそらくは都を出てすぐ、それこそ明と合流する前に、命を落としていたことだろう。

それに対して、と雨妹は皇帝について思い返す。

これまでの数少ない遭遇の中で、雨妹を見たあの人の口から「慧」の名が出たことはない。雨妹が髪を隠していたこともあったのだろうが、雨妹の存在は、あの人の中で最初からあくまで「雨妹」であった。

数多《あまた》の子がいる皇帝という身の上なのに、はるか遠い辺境に行ってしまった我が子をずっと忘れないでいてくれたのである。

——うん、父がマシな男に見えてきたかも。

皇帝の評価がちょっぴり上がった雨妹であった。

一方、雨妹に言い負かされた明は、打ちひしがれていた。

「ああ、そなたは慧ではなかった。慧はそのようなことを言わなんだ。ただひたすらにか弱く、優しく、だからこそ守ってやらねばと……」

そんな嘆きのような愚痴のような話を聞いていれば、明はどうやら甘やかし体質であるようだと判明する。そして母は甘やかされ体質で、それが上手く噛《か》み合ったのかもしれない。

「私は慧に、生きる意味を与えてやれなかったのだな。なんという無力な男であろうか」

明はそう言って肩を落とす。

守り守られという関係性では、母は明との過酷な辺境への旅路の中であっても、一人で立つという強さが身に付かなかったのだろう。

——それでもあの母は宮女の出のはずだから、そこそこ苦労もしていたんでしょうに。

人はぬるま湯の生活に溺《おぼ》れるのは、一瞬だということかもしれない。

そして雨妹は、いつまでもウジウジしている明にカラリとした調子で言う。

「あら、無力な自分に気付けてよかったではないですか。人なんて、大抵の難事を前にすれば無力に成り下がるものですよ。そのことを知ってからが、本当の人生の始まり……と、昔知り合った旅のお方が仰っていました」

「無力、そうか、私はそもそも無力な男なのか……」

雨妹の言葉に、明がさらにズーンと落ち込む。

もしや「そんなことはありません」的な慰めを期待していたのかもしれないが、生憎とそんな優しさを発揮してやる義理はない。

前世看護師としては、心に傷を負っている明に寄りそった態度や言動をした方がいいのかもしれないが、雨妹はまるでオバケのように扱われたこれまでのことを根に持っているのである。

「娘っ子、お前さんは明の気分を上げているのか落としているのか、よくわからん奴だな」

李将軍からそんな感想をもらう。

しばし明がブツブツと独り言を呟《つぶや》いていたが、やがてふと雨妹を見た。

「そなたは、名はなんと？」

今更に、雨妹の名が気になったらしい。

けれどこの質問に、雨妹はニコリと微笑《ほほえ》んだ。

「名乗るほどの者ではありません。私は百花宮のしがない掃除係ですから」

「掃除係だと……？　その威圧感で？」

威圧感とは、お年頃の娘に向かって失敬な言い方だろうに。

――私、この人キライだな。

雨妹はそう心に刻みつつ、言葉を続ける。

「ただ、頼まれてたまに看護をすることはございますが。今回だって、楊おばさんに頼まれたから、こうしてここにいるんです」

「楊に？」

思えば初めてまともに会話が成立していると言える明が、目を丸くする。

そして、ようやく本来の頼みごとに取り掛かれるのかと、ここまでの長い道のりにため息を吐く。

——全く、手のかかる大人だなぁ、この人って！

「そういうことで、ここからが私の本当のお仕事です。ちゃっちゃと全身を診ますので李将軍、この人の服を剥《む》いちゃってください！」

「なに……⁉」

「おうよ、まかせろ！」

怯《おび》える明を、李将軍が下着姿にしてしまうまで、さして時間はかからなかった。


明をようやくきちんと診ることができた、数日後。

「今日も栗をたくさん拾ったなぁ♪」

栗の木掃除を勝ち取った雨妹は、栗の入った籠《かご》を背負って台所へと向かっていた。

前回収穫した栗は、台所に米を食べる地域の人がいたようで、栗ご飯が故郷の秋の味だという彼女にも栗を分ける代わりに、栗ご飯を作ってもらったりしたのだ。

——故郷の味って、大事なものだよね！

雨妹には特に懐かしむ辺境の味などないが、前世日本の味はいつまでも懐かしいものだ。特に、味噌汁《みそしる》が食べたい。あれこそ日本の味なのだから。

しかし味噌汁を食べるには難しい問題があって、まず味噌が手に入らないというか、存在するのか謎なのだ。少なくとも、雨妹は今のところ味噌に出会ったことがない。

味噌ではないが、大豆を加工した調味料というものはある。大豆を麹菌《こうじきん》で発酵させて作る醤《ジャン》――日本で言うところの醤油《しょうゆ》なのだが、ギュッと水分を絞るので、当然な結果として味噌の形が残らないのである。

それよりも味噌により近いものを探せば、あるにはあったが、医局の薬棚にあったカラカラに干からびた丸薬状のものである。つまり、味噌とはそういう扱いなのだった。

――もうこれはアレなの？　自分で作るしかないの？

しかし味噌作りには知識と根気が必要で、雨妹は根気には自信があるものの、味噌作りの知識は曖昧《あいまい》だ。

なにせ雨妹の時代には味噌とはスーパーで手軽に買えたものなので、わざわざ手作りするような趣味でもない限り、詳しくなるきっかけがなかったのだ。そして雨妹は味噌は買う派な人だったのである。

前世の自分のその行いがまさか今世の自分を苦しめるとは、思ってもいなかったが。

そんな味噌事情はおいておくとして、今は籠にある栗だ。

――栗ご飯は食べたし、次はぜひ栗饅頭《くりまんじゅう》が食べたいな♪

雨妹の口の中が、今から栗を食べる準備を始めていると、食堂の前にある卓でお茶をしている二人の人影が見えた。

いいや、食堂付近にはいつだって宮女がウロウロしているため、人影なんてそう珍しくはない。しかも二人のうち片方は小さめな木箱を足元に置いた楊である。

けれどもう片方が問題で、このあたりではあまり見かけない宦官《かんがん》で、雨妹も一度会ったきりの人物だった。

——杜様だ！

そう、あの皇帝のそっくりさんな宦官、杜である。気付いて思わず足を止めた雨妹に、あちらも気付いたようで、杜が「おいでおいで」というかのように手を動かす。

雨妹は面倒そうだから行きたくない気持ちなのと、けれどあそこを通り過ぎないとこの栗を台所に持ち込めないのとで、葛藤《かっとう》した後に渋々そちらに足を向ける。

——さっさと用件を済ませて、栗を持っていこう！

雨妹はそう決意して、杜の前に立つ。

「お久しぶりでございますね、杜様」

「おお、変わらず元気そうなことだ」

雨妹が挨拶《あいさつ》をすると、杜はニコニコしてそう応じる。

「先だっては、あの飲んだくれの明に活を入れてくれたようだの。いや、愉快な様子だったと聞いたぞ？　我もその場に立ち会いたかったものよ」

「……愉快？」

雨妹は杜に言われたことに、首を傾げる。

雨妹としては、自分ではそう愉快な事をした覚えはないのだが、一緒にいた李将軍は一体どのあたりが愉快だったのだろうか？

雨妹が「う～ん」と考えていると、「そうだ、そうだ」と杜が言った。

「ちと聞きたいのだが、お主は明の奴に名乗らなかったそうだの？」

杜の指摘に、雨妹は「その話か」と頷《うなず》く。

「はい、だってあちらからも名乗ってもらっていませんし」

雨妹はあっさりと言う。

そうなのだ、立勇や李将軍から明について聞かされたものの、本人の口から何者かを告げられてはいないのだ。

偉い人だと下っ端宮女なんて名乗るに値しないのかもしれないが、少なくともこれまで出会った偉い人からは、名乗るまでもない有名人は別として、そうした扱いをされたことはない。

この主張に杜はきょとんとした顔になる。

「さようか、それは明の礼儀がなっとらんな」

そう言って顎《あご》を撫《な》でる杜に、雨妹は「それに」と続けた。

「名乗り合うって、お互いを認め合う行為でもあるでしょう？　それならあの方には、もう少しシャキッとしてもらわないと、認めるには少々はばかりがあります。今のままだとまるっきり駄目な大人ですから」

「なるほど、若者は駄目な大人を確かに嫌いになろうな」

雨妹の言い分に、杜が「ハハハ！」と楽しそうに笑う。

「まあ、不敬だろうというお言葉は否定しませんが」

最後にそう付け加える雨妹に、杜が「よいよい」と告げる。

「我が許す故、そのまま名乗らぬままでおるがいいわ」

「……いいんですか？」

名乗らないことを認められた雨妹は、逆に戸惑う。

宮女と近衛という身分の大きな違いはいかんともしがたいので、これでも失礼を叱られるつもりではいたのに、逆に推奨されてしまうとは、思っていなかった。

戸惑う雨妹に、杜がニコリと微笑む。

「あやつにはよい薬だろうよ。さて、これは後々の楽しみがあることよの」

そう話す杜が悪い顔をしている。

――ツッコまないぞ、私はツッコまないからね！

なにが楽しみなのかなんて、考えてはいけない。雨妹は部外者なのだから。

「まあ、この話はこれまでとして」

杜がそう言って、話を変えてきた。

「明の事に動いてくれたら礼をすると、楊が言っておったそうではないか。その礼に、我も手を貸すことにしたのだ」

杜がそう言って目配せをすると、楊が足元に置いていた木箱を動かす。

――なんか、重そう？

雨妹も手伝ってその木箱を卓の上に載せる。

「蓋《ふた》を開けてみろ」

杜にそう告げられ、雨妹は木箱の蓋を開けた。

「あ！　これって梨⁉」

中身を見た雨妹は驚く。木箱には梨がぎっしり詰まっていたのだ。

「ほう、よく知っておったことよ」

雨妹が梨の名前を言い当てたことに、杜が驚いた顔になる。

しかし梨を知っていたのは、別に前世の記憶に由来するのではない。実は辺境の里の周辺の山で、たまに実がなっているのを見かけたのだ。

「昔、育った里の近くの山で見かけたことがあるんです。すごく酸っぱくて食べられたものじゃあなかったですけど」

雨妹の話に、杜は「そういうこともあるか」と頷く。

「だがこれはな、限られた地域で特別に育てさせている貴重な梨だぞ？　どうだ、この礼で足りるかな？」

「もちろん、むしろお釣りがきます！」

雨妹は輝かんばかりの笑顔で頷くと、木箱の中の梨を一つ手に取ってみる。それは雨妹が前世で見慣れた丸い和梨ではなく、ひょうたんみたいな形をしている梨で、甘い香りがする。

――まずは生で食べるとして……。

もちろん美娜にもお裾分《すそわ》けするが、それでもこの数をすぐに食べきれるものではない。余ったものは保存がきくように加工するのがいいだろう。砂糖漬けにジャム、酢漬けや酒漬けなどもいいかもしれない。

「どれから作ろうか、迷うなぁ～♪」

とたんに梨で思考が埋め尽くされた雨妹の様子に、杜が感心した顔をする。

「食い物を与えると、ほんとうに幸せそうなことだ」

「ええ、この娘はいつもこうなのです」

楊が「やれやれ」といったようにそう言うが、雨妹が「こう」であることになんの問題があるというのか。

「いいじゃないですか、幸せはお手軽に手に入る方が、人生がお得なんですよ！」

雨妹が胸を張ってそう言うと、杜が目を丸くしてから。

「ふはは！　それはそうだ！」

杜の笑い声が、秋の空に響いていた。

第二章　医者色々

明《ミン》を医者にかからせようという騒動から、しばらくしたある日のこと。

饅頭《まんじゅう》の入った箱を持った立勇《リーヨン》はいつものように乾清門《けんせいもん》を抜けて、後宮に入ろうとしていた。

この饅頭は、雨妹《ユイメイ》の様子を見に行くための小道具である。雨妹は饅頭があると「何故《なぜ》・どうして」をすっぱり捨て去る癖があった。立勇個人としては便利だが、人としては心配な癖である。

そんなわけで立勇は宦官服に着替えるため、隠し部屋のある物置に入ろうとして、一応周囲を確認していると。

「よぉ、立勇」

背後から呼ばれ、振り向けば李《リー》将軍がいた。

「よう、これからお勤めか？」

「……そうです」

李将軍からの問いかけに、立勇は頷《うなず》くに留《とど》める。

李将軍は立勇の二重生活を知っている、数少ない者の一人であった。そんな彼が、わざわざ立勇を呼び止めるとは、なにかのっぴきならない用事でもあるのだろうか？

そう考えた立勇が緊張していると。

「あのいつかお前さんが連れていた娘っ子、ずいぶんな貫禄《かんろく》だなぁ。とても成人したばかりのひよっこには見えねぇ」

言われたことは、雨妹についてであった。

李将軍のことだ、雨妹の素性などとうに承知であるだろうに、雨妹に名乗られなかった点を踏まえて、名前を知らない振りを立勇に対しても貫くようだ。

そして、立勇はまさにこれから雨妹の様子を見に行こうとしていたところであったので、内心ドキリとする。

「あの娘が、なにかやらかしましたか？」

立勇が慎重に問いかけるのに、李将軍が「そうじゃねぇが」と首を横に振って話す。

「底知れねぇ嬢ちゃんだな、ありゃあ」

「まあそれは、わかりますが」

雨妹が底知れないというか、たまに意味不明な言動をするのは、立勇にとってはいつものことであるのだが。

しかし、続いた言葉にギョッとする。

「いやぁ、あの一喝なんて、人生経験の浅い娘っ子のものではない。まるで戦場での陛下のようであった」

「……一喝？」

——李将軍の前でなにをしたのだ、あの娘は⁉

頭痛がしそうになるのを堪《こら》える立勇に、李将軍がにやけ顔ながらも鋭い目を向けてくる。

「生まれ以外にもありゃあ、なにか不思議があるぞ？」

戦場で敵を見分けるようなその目に、立勇はぐっと背筋に力を入れる。

「それは、こちらでも気付いておりますが」

「それがなんなのか、気にならねぇか？」

立勇の言葉に、畳みかけるように李将軍が聞いてくる。

これに、立勇は微《かす》かに迷った末、口を開く。

「気にならないと言えば、嘘《うそ》になります。ですがその不思議も含んだ丸ごとで、あの娘なのだと思います。これは明賢《メイシエン》様も同様にお考えであると確信しております」

「ほぅ」

キッパリと断言する立勇に、李将軍が眉《まゆ》を上げる。

「多少おかしな言動がありますが、それがなかったら、むしろ物足りない気持ちになるのではないでしょうか？」

立勇の言葉に、李将軍が目を丸くすると、「ガハハ」と大口を開けて笑った。

「なるほど、そうかもしれねぇな！」

そう告げた李将軍は満足そうな顔をする。

――もしや、私は今試されたのか？

今になって気付いた立勇は背中に冷や汗を掻《か》く。

全く雨妹には気を揉《も》まされるというか、離れていても心臓に悪いことをしてくれるものだと、立勇は大きく息を吐く。

そんな立勇に、「ところでな」と李将軍が言ってくる。

「お前さん、このあとあの娘っ子に会うか？」

「……何故そのようなことをお尋ねになるので？」

李将軍がどういう意図でこの質問をしたのかがわからないことには、迂闊《うかつ》な事は答えられないと立勇が警戒する様子に、李将軍が「ああ、いや」と言って片手をヒラヒラさせる。

「そんな大層なことを言いたいんじゃない！　ただ、あの娘っ子がいい医者を知らないかと思ってな」

「医者、ですか？」

どういうことかと眉を上げる立勇に、李将軍が説明した。

＊＊＊

「明様、お医者様に拒否されちゃったんですか⁉」

いつものように掃除先に突然訪ねてきた立彬《リビン》に、雨妹は驚きの声を上げた。

その手には、立彬の手土産である饅頭がしっかりと握られている。

この立彬が、雨妹の顔を見るなり「医者を紹介してほしいそうだぞ」と言ってくるのだから、今度はどこの誰が具合が悪いのかと思えば、またもや明の話であった。

あれから雨妹は明に彼の体調不良は治る病気であることを丁寧に説明し、医者にかかることを約束してもらったために、楊のお願いは完遂したというわけで、お役御免かと思っていたのだった。

けれど、そうは上手《うま》くいかなかったらしい。

「拒否というか、諦《あきら》められたのだろうな。なんでも『手に負えない』と言われたそうだ」

立彬がそう言ってため息を吐《つ》く。

「ははぁ、確かに明様の状態は酷《ひど》かったですけど」

雨妹は明の姿を思い浮かべて思案する。

前世と違い、この国では機械による高度な治療は望めない。そのためあの状態をまだ治療可能と思うか、もう治療不可能と思うかは、診る医者の腕にかかっているところはある。なので、どの医者にかかるのかが重要になってくるのだが。

「その、診たお医者様はどちらの方ですか？」

「近衛《このえ》付きの医者だ。我々も信頼する良い医者だな」

雨妹の質問に、言外に「藪《やぶ》医者ではない」と告げる立彬に、雨妹は「う〜ん」と唸《うな》る。

――ちゃんとしたお医者様が「できない」って言ったのなら、それがこの国の医療の限界なのかも？

しかし、前世ではセカンドオピニオンというものがあった。患者の人生を簡単に決めてはいけないだろう。

それに明が少しは生活を改めようとしていたというのに、医者に諦められたことから、もう人生の終わりだとばかりに酒飲み生活に戻ったという。

「それで、違う医者に診せてはどうかと李将軍が考えられてな」

まだ希望を捨てたくない李将軍のあがきから、雨妹に話が回ってきたらしい。

「なるほど。じゃあ、陳《チエン》先生に聞いてみますか？」

「……そうなるか」

雨妹の口から出た名前に、立彬も「やはり」という顔をした。陳が腕のいい医者であることは立彬も知っているので、否はないようだ。

「ちょうど今日は美娜《メイナ》さんに特別なおやつを作ってもらったんで、それを陳先生に差し入れしようとしていたんです！」

そう、雨妹はどの道この後陳を訪ねる予定であったので、時機が良いとも言えるだろう。

「そうか、私は生憎《あいにく》と付き添う時間がないので、よろしく頼む」

「任されました！」

立彬にそう言われ、雨妹は拳《こぶし》でドンと胸を叩《たた》く。

というわけで、掃除を終えた雨妹は医局を訪ねた。

「陳先生、こんにちは～！」

「おぉ、どうした雨妹、湿布がいるのか？」

雨妹が挨拶《あいさつ》をしながら戸を潜《くぐ》ると、奥で薬を作っていたらしい陳が手を止めて振り向く。

「いえ、湿布はまだあります」

これを雨妹は否定する。

医局は「なんだか怖い」という理由で行きたがらない宮女が多いので、代わりに雨妹が湿布を大量に貰《もら》っていくのが常であることから、陳からは雨妹が訪ねると「湿布か？」と思われるようだ。

——まあ、明様みたいな極端な人は別としても、医者が怖いっていう人はいるもんだよね。

特に前世と違って医者がどういうことをするのかという情報がないこの国では、医者とは「怪しげな呪術師の類と紙一重」くらいに考えている人も多いのだ。道士と兼業している医者が多いのも、その一因であるかもしれない。

そんな医者談義はともかくとして。

「話があって来たんですけれど、それはおやつを食べながらしましょう」

雨妹が持って来た包みを掲げて見せるのに、陳も「ちょうど休憩しようとしていたんだ」と腰を上げた。

「お茶も淹《い》れますね」

そう言って医局にお邪魔した雨妹は竈《かまど》を借りると、お湯を沸かしてお茶も淹れる。

ちなみに、陳の使う杯は雨妹が先だってお土産に買ってきたものである。取っ手付きの杯は便利だとかで、愛用してくれている。

それにこのお茶の淹れ方も、以前立勇に指導されてから日々練習しているので、なかなかに様になってきていると自分では思っている。それでも彼曰《いわ》く、秀玲《シオウリン》のお茶のような最高級に到達するにはまだまだ道のりは遠いらしい。

——確かに、いつか飲んだ秀玲さんのお茶は美味《おい》しかったなぁ。

けれど、そんなお茶の最高峰と比べてため息を吐くより、昔の自分と比べて成長を喜びたい雨妹であるので、黄金色とはいかないまでも、濁りの少ないお茶を淹れられただけで満足だ。

「陳先生、どうぞ！」

雨妹が陳がすでに着いていた卓にお茶と包みを並べると、自分も陳の正面に座る。

「今日はコレを持ってきました！」

そして雨妹は「ジャーン！」と自ら効果音をつけて、包みを開けた。

今日のおやつは栗饅頭《くりまんじゅう》だ。美娜に雨妹が収穫した栗を使って作ってもらったものである。

栗のゴロッとした食感と、饅頭のふんわりした食感との共演が、食べる者を幸せに導く逸品なのだ。

——ふふふ、これこそが栗の木掃除の醍醐味《だいごみ》だよ！

しかし持って来たのはこれだけではない。先日杜《ドウ》から貰った梨を酒漬けにしたものもある。たくさん作ったので、その一つを持って来たのだ。

「ほう、これはいい梨だ」

瓶の中で酒に漬かっている梨を、陳がしげしげと見る。

「ちょっとしたお手伝いをしたお礼だって貰いまして、たくさんあるのでお裾分《すそわ》けです。まだ漬けたばっかりなので、しばらく置いておいてください」

「そりゃあ、後が楽しみだ」

そんな会話をしたところで、雨妹は早速自分の分と陳の分とを取り分けた。

「さぁさ、栗饅頭を食べてください！」

「栗かぁ、今年はまだ食ってなかったな」

雨妹が勧めると、陳はそんなことを言いながら栗饅頭を手に取って頬張る。

「うん、うめぇな、秋の味がする」

「ですよね！　このほのかな甘みがたまらないんです！」

栗饅頭を味わっての陳の感想に、雨妹も「うんうん」と頷《うなず》きながら、自分の分にパクリとかぶりつく。

——うん、やっぱり栗の粒感を残してもらって正解だ！

栗をもっとなめらかにして饅頭の皮の生地に練り込むやり方もあったのだが、雨妹の好みでこちらにしてもらったのだ。やはり、栗はこのホクホク感が美味しいのだから。

立彬からも饅頭を貰ったが、それとこれとは別腹である。

「やっぱり、秋には栗を食べないとですね～♪」

「そうだなぁ」

こうしてしばし、陳と二人で栗饅頭をウマウマと食べていた雨妹だったが。

「で、なんの話だって？」

陳に話を振られて、雨妹ははたと思い出す。

——そうだ、ここまで栗饅頭を食べるためだけに来たんじゃないんだった！

雨妹は栗饅頭の美味しさに、うっかりもう一つの用事を忘れかけていた。

というわけで、雨妹は栗饅頭の最後の一口を「んぐっ」と飲み込んでから切り出す。

「陳先生って、内城まで往診できますか？」

雨妹の質問に、陳が驚いて目を丸くした。

「はん？　なんでまた内城なんだ？」

陳がそう聞き返すが、確かに普通だと掃除係の宮女である雨妹と内城とは、繋《つな》がらない場所だろう。

「それがですねぇ」

雨妹は楊《ヤン》に頼まれてからの、明についてのアレコレを陳に語る。

痛風という病気の典型で、いっそお手本にしたいくらいにわかりやすい症状だということや、本人が極度の医者嫌いだということなどだ。

「ほほう、『痛風』とは上手いこと言ったお人がいたものだな。あれだろう？　身体《からだ》の節々が腫《は》れあがる、原因がわかっていない酒飲みの病気だ」

感心する陳に、雨妹は「そう、それです！」と肯定して続ける。

「で、その方を近衛の医者にかからせることができたみたいなんですが、なんとその医者から『自分の手に負えない』って言われて、匙《さじ》を投げられたみたいなんですよねぇ」

雨妹がそう告げると、陳はこれに「そうなるかもしれんなぁ」と呟《つぶや》き理解を示した。

「近衛付きの医者だと傷の手当が主な仕事だから、そっちの腕を買われた御方なんだろうさ」

陳が納得顔でそんなことを話す。

雨妹は陳の言い分に目からうろこが落ちた気分だった。

「なるほど！　専門違いってやつですか」

思えば前世の医者でも専門分野で得手不得手があったのだから、この国の医者にもそれがあってもおかしくはない。となると、近衛の方は整形外科の医者というわけだ。

「それで言うと、医局は腹の調子が悪いとかが多いな。外傷もたまにあるが、せいぜい階段から落ちて骨折したとかだ」

陳がそんなことを言って、グビリとお茶を飲む。

「なるほど、陳先生と近衛のお医者様とは、確かに全く仕事が違いますね」

陳は内科系の医者だとすると、明は陳に向いている患者だろう。

「近衛の方だと、傷を縫うのにも針や糸がちょいと違うらしいって聞くぞ。なんでも独自に作らせたらしい」

「へぇ～、やっぱり近衛はそっちが専門なんですねぇ」

きっと針先が丸まっていたり、針自体が弓のようになっていたりと工夫をしてあるのだろう。

そんな医者事情はともかくとして。

「それで、往診をできますかね？」

雨妹は本来の目的について、改めて尋ねる。

「別にいいぞ？　内城へ行くくらい」

これに、陳はあっさりと頷いた。

「本当ですか⁉」

雨妹が前のめりに確認するのに、陳はニヤリと笑う。

「ああ、お前さんがそうまで言うその患者を一度診てみたい。酒飲み病の患者は、なにかしら悪さをするものが身体の節々に溜《た》まっているのだろうとは、一部の医者連中の間で言われているが、まだ実態がよくわかっておらんのだ。その明様とやらの症状は、そんなにわかりやすいのか？」

「そりゃあもう、きっと貴重な姿ですよ！」

陳が興味を示したのに、雨妹は大きく頷く。

不謹慎と言われるかもしれないが、病の症状を診る機会は貴重である。日本とは違い、この国の患者は病気が悪化する前に死んでしまう。だからあそこまで悪化しながらも生きている明は、ある意味奇跡なのだ。

「では、頼まれた先にそう伝えておきますね！」

「おお、わかった」

雨妹はこうして無事、陳との約束を取り付けることに成功した。

そんなわけで陳が明を往診することになり、成り行きというか、陳を紹介した以上は気になる雨妹もこれに同行することにした。

そして医者を案内するため、近衛から付き添いがやってきたのだが。

——また李将軍《リー》かぁ。

そう、乾清門で大きく手を振っていたのは、李将軍であった。

「あれは、李将軍じゃないか？」

「そのようですね、何故か明様の付き添いの時にいらっしゃるんですよ」

遠目でもあれが李将軍だと気付いた陳が驚くのに、雨妹はそう説明してから、「あ、そうだ！」と言わなければならない話があったことを思い出す。

「陳先生、実は私は李将軍にも明様にも名前を明かしていないので、できればそういう感じでの応対をお願いします。今後もしばらく教えるつもりがないですし」

「……そりゃあ構わんが、なんでまたそんな面倒なことをしているんだ？」

雨妹の奇妙にも思えるお願いに、陳が怪訝《けげん》そうにする。

なんでと聞かれると、雨妹も改めて「なんでだろう？」と考える。

李将軍に対しては、皇帝に近しい人たちにあまり名前を言いふらしたくないという理由である。もしかして調べてとっくに知っているかもしれないけれども、こちらから明かす必要はないだろう。明に対してはというと、雨妹があの時の赤ん坊だと知れて、安心されるのが嫌だということがある。

——今更感動の再会をしたいわけじゃないのよ、私は。

そしてその後に下手に保護者ぶられて、後宮ウォッチング生活を邪魔されるのも迷惑だ。

そんな思惑を正直に言うわけにもいかない雨妹は曖昧《あいまい》な笑みを浮かべる。

「まあ、成り行きってやつです。それに後でわかった方が面白いことになるかと思いまして」

「なるほど、よくわからんがお前さんが言うならば協力してやろう」

あまり深刻なことではなさそうだとわかったからか、陳が軽く頷いた。

それにしても、李将軍がまたもや付き添いに出てくるとは、やはり将軍という役職は暇なのだろうか？　と雨妹はどうしても考えてしまう。

そんな雨妹の思いが顔に表れでもしたのか。

「なんだ、嬢ちゃんは一緒なのが俺だと不満そうだな？」

李将軍が合流するなりそう言ってきたのに、雨妹は「いえいえ！」と首を横に振る。

「不満なんてとんでもないです！　ただ立勇様の方が気安くて楽だな、とか思いまして」

李将軍は冗談にそうそう目くじらを立てない性格だとわかっていたので、雨妹は正直な気持ちをペロッと漏らす。

これを聞いて李将軍は面白そうに口の端を上げる。

「正直な奴《やつ》め。だが太子付きを気安いという掃除係の宮女も、珍しいものだがなぁ」

「……そうかもしれないです」

李将軍の言葉に、雨妹も同意した。

よくよく考えれば、太子付きというのもかなりの選《え》り抜きのはずで、下っ端掃除係がそうそう会える相手ではない。あくまで、立彬としての立場のある立勇が特殊なのだ。

――となると、あんまり立勇様と仲良しだって思われない方が、面倒を呼び込まないのかも？

それでも立勇と徐州《ジョシュウ》に滞在したことは知る人は知っていることなので、今更他人の振りは無理があるかもしれない。であるなら、多少の面倒は仕方ないと諦《あきら》める方がいいのだろうか？

いや、それよりも立勇のおかげで近衛の食堂なんて場所に入り込めたのだから、雨妹の行動範囲を広げてくれる貴重な人物だと思うことにしよう。

こうして雨妹の今後の方針が纏《まと》まったところで。

実は門にはもう一人、待ち合わせている人がいた。それは陳が手配した絵師である。

「さすが陳先生、仕事が早いですね」

感心する雨妹に、陳は「そりゃそうだ」と応じる。

「なにせ、治る前に描かなきゃ意味がないからな」

陳のもっともな意見を聞いたところで、雨妹たちはその絵師も含めた四人で明の屋敷へと向かう。


明の屋敷には、またもや李将軍の部下が見張りに立っていた。

「ご苦労さん、中にいるか？」

「はい、出入り口を全て塞《ふさ》いでいるので、逃げようがないはずです」

李将軍が部下とそんな確認をしている。

――逃げるとか言われているし。

明は本当に酒飲み生活に逆戻りしているようだ。

もしや李将軍が出張ってくるのは、明に逃げさせないためだろうか？　これが立勇だったなら、自分よりも格下だと思って会う約束をすっぽかすのかもしれない。

実に困ったちゃんな明だが、しかし病に苦しむ——特に命の危機に瀕《ひん》した患者に、良い子ちゃんな優等生なんていないものだ。表面上を取り繕って苦悩を知らせないよりは、明のこの状態は健全と言えるだろう。

特に明は近衛の医者から匙を投げられているのだから、「自分はもう死ぬのだ」と自棄《やけ》になるのも理解できる。

そんなある種の厳戒態勢な明の屋敷に入ると、家人の老女が出迎えてくれた。

「よく来てくださいました。わたくしでは旦那《だんな》様になんと言えばいいのかわからずに、困っておりまして」

老女がほとほと困ったようにそう告げる。彼女は明の子供の頃からの付き合いらしいので、きっと同様に苦しいことだろう。

「それについては、お医者様を連れてまいりました。この陳先生は、明様のような病を得意とするお医者様ですので、前回の方とはまた違った診方をされることと思います」

「……そうですか？」

雨妹の言葉に、老女は信じたいような、期待を裏切られたくないような、微妙な表情をしている。

——私が一度「治る」って言っちゃった後で、お医者様に拒否られたんだもんねぇ。

老女のこの気落ちぶりは、雨妹にも関係があるのだ。

そんなやり取りの後、明は寝所にいるということで、そちらに全員で向かう。

「旦那様、李将軍がお医者様を連れてこられましたよ」

老女が呼びかけるのに、寝台に寝そべった明がこちらを振り向いた。

「フン、治らない男を診ても無駄だろうに」

立ち上がろうともせずそう毒づく明に、李将軍が「まあまあ」と宥《なだ》める。

「今度は、前のとは別の医者だぞ？　医局の医官に、わざわざ往診に来てもらったんだ」

李将軍がそう言って陳を紹介するのに、しかし明は敵意すら籠《こも》った視線を向けてきた。

「医者が変わっても、どうせ同じですよ。金だけはしっかり持っていくくせに、だから医者は嫌なんだ」

こんな風にぶちぶちと不満を垂れ流す明の様子を、陳がしばし観察していたのだが。

「こんなにわかりやすく症状が出ているとは、なるほどすごいなぁ！」

陳が感心の声を上げたのに、明はしかめっ面をする。

「なんだ、コイツは？」

不審者を見るかのような明だが、陳は全く気にすることなく、絵師に「早速頼む」と指示をしている。

「では、失礼をして」

絵師はすぐに動き出して、最も良い角度を探ってそこに居座って画材を広げると、明の姿を描き始めた。

「おい小娘、何故に俺は絵を描かれているのだ？」

「気にしないでください、こちらの個人的なことですので」

「動かないでください！」

明が文句を言うのに雨妹がそう応じる横から、絵師の叱咤《しった》が飛ぶ。すると明は何故か言われた通りに動かないようにする。

命令口調を自然と受け入れてしまうのは、兵士である故だろうか？

しかし、明が大人しくなったのは好機である。

「よし、今のうちに詳しく診てしまおう」

というわけで明が抵抗する間もなく李将軍に身体を押さえ込まれると、陳が彼の顔を覗《のぞ》き込み、身体のあちらこちらを押したり撫《な》でたりして、全身の状態を観察した後。

「立派な酒飲み病だ。余所《よそ》では痛風と呼ぶこともあるらしいぞ？　関節の腫《は》れも酷いが、内臓のあちらこちらが弱っている。こんな状態で酒を飲んでも、美味《うま》くもないだろうに」

陳がそう明の状態を断じた。

「それでお医者様、旦那様は治りますか？」

老女が恐る恐る尋ねるのに、陳は「うむ」と大きく頷《うなず》く。

「まずは酒を断つこと。そして薬を出すので、きちんと飲んで身体に溜まった酒の害を身体から追い出すように。時間がかかるだろうが、それで治る」

陳の見立てに、明が怪訝そうな顔をした。

「……前の医者は、無理だと言ったぞ？」

「そりゃあ、切ったり縫ったりじゃあ治らんからな。あちらさんの領分じゃあなかったってことだ」

陳がそんな話をしていると、絵師は下描きを終えたらしい。なんとも仕事の早い絵師だ。

「これを持ち帰り、仕上げます」

「よろしく頼むよ」

陳とやり取りをした後、絵師はサッサとこの場から去っていく。早く絵を仕上げたいらしい。

「陳先生、これで医術が一歩前進しますね」

「ああ、非常に助かる。まさか、こんな典型的な状態が拝めるとは。普通はこうなる前に墓場に行ってしまうんだよ」

「なら、明様の身体の頑丈さに感謝ですね」

そう朗らかに会話して頷き合う雨妹と陳を、明が恐ろしい生き物を見るような目で眺めている。

「なんだか、妙なのが増えて怖いのだが……」

「おめぇは、妙なところで肝っ玉が小せぇなぁ」

小さく呟《つぶや》く明を、李将軍が呆《あき》れた様子で見た。

今後この痛風の病を説明するのに、明の絵姿が使われるであろうことは、今の明には想像もできないことであったようだ。

こうして明の診察をしてもらえたのはいいが、一つ問題があった。

それは、医局勤めの陳が明を診続けるのは難しいだろうということだ。いざという時に駆けつけられるか、わからないのだろう。

「できれば、信頼できる宮城の外のお医者様に頼めると、安心なんですけどねぇ」

雨妹が「う～ん」と考えてそう言うのに、「そうだなぁ」と陳も思案する。

「なら、俺の師匠に頼むか？」

そして陳がそんな提案をしてきたのに、雨妹は目を瞬かせる。

「陳先生の、師匠さんですか？」

陳の師匠という存在が驚きだったが、考えてみれば陳だって生まれながらに医者ではないのだから、どこかで誰かに医術を習ったわけで、師匠がいるのは当たり前だろう。けど、この考えがなかった雨妹には盲点だった。

「頼めるということは、そこそこ近くにいらっしゃるのですか？」

雨妹の質問に、陳が頷く。

「師匠の住まいは外城だが、ここから近いぞ」

「なるほど、それはうってつけですね！」

雨妹はまさにな人物であることに、笑みを浮かべる。陳の師匠であれば、少なくとも藪《やぶ》医者ではないだろう。

「師匠が引き受けるかはまだわからないが、とりあえずこれから会いに行ってみるか？」

「いいんですか？」

――陳先生の師匠っていう人、興味あるかも！

というわけで、これから陳の師匠に会いに行くことになった。

「また、妙なのが増えるのか？」

明のそんなぼやきは聞き流されたりする。

というわけで、明の屋敷をお暇《いとま》して、外城へ移動する雨妹たちだったが。

「あれ、李将軍もいらっしゃるんですか？」

雨妹は同じ方向へ歩き出す李将軍を見て、首を傾《かし》げる。

「お前さんたちを連れ帰るまでが、俺の役目なんだよ」

李将軍が「当然だ」という顔でそう言ってきた。

――これもあの、なんちゃって宦官《かんがん》の指示なのかなぁ？

しかしそこをあまり深く考えてはならない。「この同行者は熊なのだ」と雨妹は己に暗示をかけることにする。

「そりゃあまた、豪勢な同行人で師匠が驚きますな」

陳は李将軍が付いて来ることに不思議そうにしながら、とりあえずはなにも言わないことにしたようで、そんな風に流した。

それにしても、陳は李将軍という軍で一番偉い人に対して敬意を払っているものの、恐縮して緊張する様子を見せない。都育ちの人は本当に李将軍を見慣れているらしい。

こうしてお供に熊な李将軍を引き連れて案内されたのは、外城でも静かな区域にあるこぢんまりとした家だった。

外から塀越しに眺めると、一応小綺麗《こぎれい》にしてはいるが建物自体はかなり古くて、あちらこちらに傷みを補修した跡が見られる。

穴を板で塞いだ玄関の戸を、陳が叩《たた》く。

「先生、陳でございます！」

しかし、なんの返事もない。

「いないんですかね？」

「いや、この時間なら出かけてはいないはずだ」

留守を疑う雨妹に、陳は確信をもって呼びかけ続ける。

するとしばらくして、戸の向こうから誰かが出てくる気配があった。

「おう、気分よく昼寝してたっていうのに、なんの用でぃ陳よ」

そんなことを言いながら戸を開けて出てきたのは、老年の髭面《ひげづら》の男だった。

「仲《ヂヨン》先生、お久しぶりです」

陳がそう挨拶《あいさつ》するこの男が、師匠である仲心《ヂヨン・シン》だそうだ。

「フワァ、なんだなんだ、とうとう医官を首になったか？」

大あくびをしながら失礼な事を言ってくる仲に、陳は苦笑顔で「生憎とまだ続けておりますよ」

と返す。

「実は、先生にお願いしたいことがございまして、こうして訪ねてまいりました」

そう言って頭を下げる陳を見た仲が、髭を撫でて「ふむ」と頷く。

「弟子の頼みたぁ無下にはできんし、それに豪勢な供がいるようだ。まあまずは上がれ、綺麗な家じゃあないがな」

そう話す仲の案内で家に入ると、中は外見から受ける印象よりも綺麗に整えられていた。薬の匂いが壁にしみついているのが、いかにも医者の家だという感じがするくらいか。

「将軍様がいらっしゃるなら、白湯《さゆ》ってわけにはいかんが、生憎茶も安物しかないのは勘弁くだされ」

仲がそう話しながら、台所で茶の用意を始める。

「構わんぞ、俺は普段飲む酒も茶も安物だ」

李将軍が笑いながら告げる。

ここは一番下っ端の雨妹が「私がお茶を淹れます」と言うべきなのだろうが、作業場も兼ねているらしくてあちらこちらに作りかけの薬がちらばっていて、足を踏み入れるのが難しかった。なので今は大人しく、卓に座っていることにする。

「どうぞ。美人の出す茶であれば白湯でも美味かろうに、生憎とこんな男の年寄りで申し訳ないですな」

仲がそんな冗談を言いながら、茶を卓に並べる。

茶器は凝った造りのもので、安物だと言いながらもお茶に拘《こだわ》りのある人なのかもしれない。

——あ、このお茶美味しい！

しかもこれまで飲んだことのあるお茶とは、少々風味が異なる。もしかして茶葉を独自に色々混ぜ合わせているのだろうか？

雨妹がそんなことを考えつつ、お茶を味わっていると。

「で、お願いたぁなんだぁ？」

仲が本題についてズバリと聞いてきた。

これに、陳が姿勢を正して応じる。

「患者を請け負ってもらいたいのです」

そう言った陳が明の件について説明するのに、仲が「ふぅん」と呟く。

「別にそのくらい構わんが、その男の噂《うわさ》は飲み屋で聞いたぞ。いつも東の門の前で寝ている酔っ払いが、若い娘っ子と兵士風の男に引っ立てられて行ったとか。それからしばらく姿を見なくなったんで、とうとうなんぞやらかして牢屋《ろうや》へ行ったかと、酒飲み連中の間で噂だったのよ」

仲がそう言うと、自分のお茶をグビッと飲む。

「……嫌な噂のなり方ですね」

「そうさな」

思わず漏らした雨妹の言葉に、李将軍も同意した。

酒を止《や》めたではなく、牢屋に入ったという結論にされてしまうとは、これも明の普段の行いのせいだろう。

それにしても、明はある種の有名人であったらしい。しかし雨妹はそんな意味合いで有名になるのは御免被りたい。

「それが最近になって、またフラフラし出したんで、放免されたって話だったが。なるほど、病気の治療ねぇ。誰もそんな話はしてなかったな」

そう言って髭を撫でる仲に、陳は苦笑する。

「どうやら見た目によらず気の小さなお方のようで、それで酒に逃げがちなようですね」

陳がそう話すと、仲が「ふん」と鼻を鳴らす。

「兵士にありがちなことだ。兵士ってのは気の小さな怖がりが多いからな」

仲のこの言葉に、雨妹は不思議に思って首を捻《ひね》る。

「あの、兵士は強くて逞《たくま》しい人がなるように思うんですけど？」

疑問から思わず口を挟んだ雨妹に、仲はチロリと目を向けてくる。

「違うね、兵士になるような攻撃的な奴ってのは基本、怖がりなんだよ。逆に自分の強さに自信のある兵士なんざ、すぐ死ぬもんだ」

「ははは、ごもっともなお話ですなぁ」

その兵士の中で国で一番偉い李将軍が、そう言って「ガハハッ」と笑う。

――う～ん、わかるような気がするかも？

だがそれで言うと、立勇も案外気が小さいのだろうか？　そう考えるとちょっと笑えてくる雨妹であった。

それはともかくとして。

往診については仲から了承の返事を貰《もら》ったので、明のことはこれで一安心だ。

話がついたところで、雨妹は片付けくらいは請け負おうと、現在家の裏の井戸端に座って茶器を洗っているところだ。

――あのお茶、どういう風に混ぜてあるんだろう？

雨妹は美味しかったお茶について思う。立彬あたりが興味を持つかもしれないと考えながら、茶器をうっかり落とさないように気を付けて洗っていると。

「おい、娘さんよ」

すると背後から声をかけられた。しかもこの声は仲のものだ。

「はい、なんでしょうか？」

なにか追加で洗い物が出たのかと、雨妹は手を止めて振り返る。

すると仲が腕を組んで難しい顔をして立っていて、洗い物を持っている様子ではない。

――なんだろう？　茶器の洗い方が雑だったとか？

雨妹が首を捻っていると、仲が口を開く。

「お前さんは、あの陳とはどんな関係でぃ？」

藪から棒なこの質問に、雨妹はきょとんとしてしまう。

「関係、ですか？」

雨妹は意外な質問をされたと思ったが、客観的に見れば雨妹の存在は無関係に感じられて、「なにをしに来たんだコイツは？」と考えたのかもしれない。

「お前さんのことを将軍様の供かと思ったが、どうもそういう風には見えねぇ。むしろ陳と気安いようだ」

仲がそう言って、雨妹を見つめている。

仲の目の前で陳と気安いやり取りをしてはいないと思うのだが、もしかして玄関前でのやり取りを観察されていたのかもしれない。

──陳先生との関係かぁ……。

雨妹としてもそう聞かれると、どういう関係なのか説明に困る。なにせ上司と部下とか、仕事仲間とかいうわかりやすい関係性がないからだ。

「そうですねぇ、一言で言うのは難しいですけど。お喋《しゃべ》り仲間で、たまにお仕事のお手伝いをする関係ですかね？」

現状に合っていそうな言葉を絞り出すと、仲が「なるほど」と頷《うなず》く。

「お前さんは医者付きの女官なのか」

仲は今の話から、そんな誤解をしてしまったようだ。百花宮の中であれば格好で位がわかるのだが、外では知られていないようである。

「いいえ、私は下っ端掃除係です」

なので雨妹が事実を告げると、仲が眉《まゆ》を寄せる。

「……よくわからんな」

「そうでしょうね」

仲の感想に、雨妹も肯定する。雨妹だとて他人に同じことを言われて、一度で理解できる自信はない。

「まあいいか。お前さんから見て、陳はどんな医者だ？」

仕切り直すように、というかこちらが本題だったのだろう、仲がそう尋ねた。

これには、雨妹の中に明快な回答がある。

「医術の探究に熱心な、頭の柔らかいお医者様ですね」

思案せずに即答した雨妹に、仲が目を丸くした。

「頭が柔らかいたぁ、面白い言い方をするな」

そう言って髭を撫《な》でる仲に、雨妹は「もちろん、褒め言葉です」と告げて続ける。

「新しい医術を受け入れるために、時にはそれまでの経験をスッパリ捨てる度胸が必要ですから。そして経験を捨てるのは、教えられた常識でカチコチに固まった石頭では無理なんです」

そう話して、雨妹は自分の頭を指で突《つつ》いて見せた。

この頭の柔らかさというものも、若いから柔らかくて、歳《とし》をとっているから固いというわけでもない。若くても石頭で融通が利かない人だっているし、老人でも新しいことが大好きな好奇心の塊のような人がいる。まさに、人それぞれというわけだ。

「それで言うと陳先生は、いいお医者様です。きっとこれから新たな医術を見つけて、不治の病と言われて苦しむ患者さんたちをたくさん救う方です」

陳への信頼を込めて断言する雨妹に、仲が「ほう」と声を上げる。

「ウチの弟子もたいそう持ち上げられたものだ。どちらが患者か死人かというような顔をしていた、あの陳がなぁ」

仲がしみじみとした口調で言うが、内容が非常に気になる。

――患者か死人かって、陳先生が？

どういうことかと雨妹が不思議に思っていると。

「先生、昔のことは言いっこなしにしてくださいよ」

井戸端に陳の声が響いた。声の方を振り向けば、陳がいつの間にか井戸に出る勝手口に立っていた。

「先生がふらっと洗手間《シーショウジエン》に行ったまま戻ってこないと思ったら、こんな場所で道草を食っていたんですね」

「客人と世間話をしていただけのことよ」

陳が少々しかめっ面で言うのを、仲は軽く流すと。

「陳までこっちに来たら、李将軍をほったらかしじゃねぇか、全く」

そう言いながら屋内へ帰っていく。

その途中ですれ違う陳の肩を、仲がポンと叩《たた》く。

「陳よ、前よりもずいぶんとマシな顔をしているな」

仲にそう言われた陳が、自分の顔を思わず撫でる。

「そうですかね？」

「おうさ、どうだ？　今でも妹は化けて出るか？」

仲の言葉に、陳は困ったように眉をひそめる。

「……まあ、たまにはですね、私も顔を見ないと忘れてしまいますから」

「なるほど」

陳の答えに、仲はニヤリと笑うと、ふいにこちらを振り向く。

「そうだ、お前さんの名を聞いてねぇな」

そして雨妹にそう問うてきた。

「はい、張《チャン》雨妹と申します」

雨妹が姿勢を正して名乗ると、仲が「そうか」と頷く。

「ウチの弟子をよろしく頼む、変わり者の掃除係の娘っ子よ」

そう言ってから仲は家の中に入っていった。

ところで、一連のやり取りを黙って眺めていた雨妹は、どうしたものかと困惑している。

――目の前で変な話をして去っていかれると、残された方が困るんだけどなぁ。

どんな顔をしていればいいのかわからない雨妹が、とりあえずボーッとした顔で立っていると、陳が「ふふっ」と笑う。

「ずいぶんと静かだな、雨妹よ。いつもの野次馬根性はどうした？」

陳にそんなことを言われて、雨妹はプウッと頬を膨らませる。

「一応私にだって、配慮とか気配りっていうものがあるんです！」

これを聞いた陳が「そうか」と呟《つぶや》き微笑《ほほえ》む。

「別に、聞かれて不都合な話ではないよ。単に、私が昔に妹を病で亡くしてしまっていて、それをいつまでも引きずっている情けない男だっていうだけさ」

「ああ、仲先生の言ってたのはそういう話ですか」

仲の思わせぶりな言葉の意味がわかり、納得顔になる。

ということは、陳は妹を亡くした時に死人かと見紛《みまが》うほどに弱っていたということだろうか？今の陳からは想像できないが、そもそも人というものはわかりやすく出来てはいないのだ。意外な過去なんて、どんな人だって持っているものである。

「妹は元々身体が弱い娘でね、もうじき成人だっていう頃に、儚《はかな》くなってしまった。大人になるんだって言い続けていたのに」

妹についてそう語る陳曰《いわ》く、それでもなんだかんだで生きながらえていた妹のことを、このままずるずると自分と同じように歳を取っていくのだと思っていたという。

しかしその予想は破られ、急に体調が悪化して成人間近のある日、逝ってしまった。

「それまでの私は、親が医者をしていたというだけで、なんとなく医者になろうとしていた。そして命が失われるということを、自然の摂理で仕方のないことだと思っていたんだ。医者とて万能ではないのだから、死は避けられない結果なのだと」

しかし実際に妹という家族を亡くした陳は、そんな割り切りが不可能であると知ったそうだ。

陳の中に「妹を救う手立ては本当になかったのか？」という疑問が浮かび、妹の声で「どうして父さんも兄さんも、私を助けてくれなかったの？」という恨み言が夜に昼に聞こえるようになったそうだ。

——なまじ医者だったから、余計に病んじゃったのかなぁ？

陳の話を聞いて、雨妹はそんな風に考える。

職人であっても商人であっても医者であっても、人というものは経験していない事象を想像するには限界がある。身近な人を亡くして初めて、死というものを自分の事として意識するというのは、よくあることだ。

終末医療に携わっていた医師が、自分が終末医療を受ける側になって初めて、患者がどんなことを考えていたのかわかったという話を聞いたことがある。

なので、陳がことさら薄情だったわけではない。

しかしこうしたことから夜も眠れず、幽鬼のようになっていた陳が出会ったのが、仲であった。

「寝ないのなら、その時間を使って医術を学べ」

そう言われて、それもそうかと考えた陳は仲の家に入り浸り、医術探究に明け暮れたそうである。

こうしてあらん限りの時間を費やして、異国の医術書にも興味を示し、異国の本なので文字は読めないながらも図解でなんとか理解を深めたりしていたそうだ。そうなるといつの間にか陳は腕利きの医者だと評判になり、とある御家からお抱えの医者にならないかと誘われたという。

「けれど、それを断って色々あったから、今こうして雨妹と話しているわけだ」

最後の話が「色々」という単語でバッサリ省略されたが、雨妹としては一応聞いておきたい。

「お抱えの話を、なんで断っちゃったんですか？」

この問いに、陳がカラッとした顔で答えた。

「藪《やぶ》医者でも務まる退屈なお抱えよりも、病とより身近に接する場所にいたかったんだ」

「そうなんですか」

これを聞いた雨妹は陳らしいなと思うと同時に、なんと真面目な人だろうかと感心するばかりである。

大金に目がくらむまでは行かなくても、生活が楽になる方を選ぶことを、誰が責めるわけでもないだろうに。陳という医者は、どこまでも己の信念に真《ま》っ直《す》ぐな人であるらしい。

――きっと、妹さんには自慢のお兄さんだったんだろうなぁ。

陳の妹が「どうして私を助けてくれなかったの？」と化けて出るというのなら、彼女の目には、生きることが希望に溢《あふ》れて見えていたのだろう。辛《つら》い思いをしていたならば、そんな恨み言なんて言わずにあっさり逝ってしまうに違いない。長く病を患っていた患者は、時に死を「解放」と評するのだから。

「妹さんはきっとご家族が大好きで、仲が良い家庭だったのでしょうね」

この唐突ともとれる雨妹の言葉に、陳は一瞬目を細めて遠くを眺めた。

「そうだな、妹は辛い顔を見せない娘だったよ。妹を真ん中にして、いつも笑っていた。きっと私が医官になるためにも宦官《かんがん》になることも、反対しなかっただろうなぁ」

　そう話す陳は、寂しそうな、それでいて晴れ晴れとしているような、そんな表情をしていた。

　それから雨妹たちが洗い終わった茶器を抱えて家の中へ戻ると、李将軍が仲と治療代などについての話をつけていたところだった。

「俺ぁ病気のことなんざよくわからんが、明の奴ぁ珍しいらしいな。苦労をかけるだろうがよろしく頼む」

「はっは、将軍様に頼まれるなんざ、そうそう経験しないことですな！　こりゃあ死んだ嫁に自慢できますさぁ」

　李将軍の言葉に、仲がそう言って笑っているのに、陳がジトッとした目を向ける。

「先生、先生はずっと独身者ではないですか」

「冗談じゃねぇか、つまらん奴め」

　陳の突っ込みに仲が「ちっ」と舌打ちした。

　──なんでそこを嘘ついたの？

　雨妹は仲の冗談の感性がわからずに首を捻《ひね》る。この仲という医者は、なかなかに愉快な性格をしていそうだ。

　とにかく、用件が済んだところでそろそろお暇するかとなったのだが。

「あの、さっき頂いたお茶、とても美味しかったです。もしかして茶葉は仲先生独自のものですか？」

雨妹は先程気になったお茶について尋ねてみた。

人間とは成長するもので、以前の雨妹は「飲めればいい」とだけ思っていたお茶というものを、美味しければ追究するほどにまでなったのだ。

お茶について問われると思わなかったのか、仲が微かに眉を上げる。

「ほぅ、美味かったか。あれは安物の茶葉に、ちぃっと色々混ぜただけだぞ？」

仲はそう卑下するが、雨妹はその「色々」のあたりが気になる。そしてできれば、ちょっとだけ分けてもらいたい。

「安物の茶葉でも、美味しかったです！　それでですね、お茶が好きな知り合いがいるので、その人にも味見させてあげたいかな、とか思いまして。ちょっとだけでいいんですけど、買うことって出来ますか？」

窺《うかが》うように聞く雨妹に、仲が「ふぅ〜ん」と唸《うな》る。

「困ったなぁ。アレは俺が趣味で適当に色々やってみているだけで、買うなんていう大層なモンじゃあねぇぞ？　なにせ家の裏に生えている草を混ぜているからな」

困ったようにそう告げた仲の言葉に、雨妹はキラリと目を輝かせる。

「草って、薬に使うものですか？」

「まあ、そうだが」

問いへの答えに、雨妹は「やっぱり！」と手を叩く。

「あれ、薬茶なんですね！」

この家にしみついている薬の匂いからして、薄々そうではないかと考えていたのだ。お茶は薬に使うものもあるし、茶葉を混ぜ合わせるのは薬の配合の延長線上のようなものと言えるかもしれない。

嬉《うれ》しそうにする雨妹を見て、仲は奇妙そうな顔をした。

「草っていうと大抵は嫌がるもんだが、変わった嬢ちゃんだ」

そう言って「ふん」と鼻を鳴らす仲を見て、陳が微かに笑う。

「師匠はお茶の配合が趣味なんだ、お前さんはなかなか目ざといな。私もたまに真似《まね》をしてみるが、師匠のように美味しいお茶にできないんだよなぁ」

最後にぼやく陳から見ても、仲のお茶は特別に美味しいものらしい。

――それに、安い茶葉を使っているのに美味しい方が、すごくない？

それならば、茶葉の安い高いはなにが違うのかということが気になってくるものだ。

弟子にまでそう持ち上げられた仲が、「仕方ねぇなぁ」と髭《ひげ》を撫《な》でた。

「ならちっと待ってな」

そう言って台所へと向かう仲は、どうやら茶葉を分けてくれるようである。

――やった、薬茶をゲット！

「これはやるよ。弟子が世話になっているらしい礼だ」

やがて台所から出て来た仲が布で包んだ茶葉を三つ、雨妹たちにそれぞれ渡してきた。

「お、俺も貰《もら》えるのか？　それはありがたい！　茶の味は生憎とわからんが、美味いものはなんだって好きだぞ！」

李将軍が嬉しそうにしている。

雨妹も、ホクホク顔でお茶を受け取った。

——今度立彬様に美味しく淹れてもらおうっと！

雨妹はちゃっかりそんな風に思う。

美味しいものをより美味しく頂くためには、他人を当てにするのだってへっちゃらな雨妹であった。

こうして手土産を貰ってしまってから、いよいよお暇することとなった。

「陳、お前は休みにでももっと顔を出せ」

「まあ、たまには来ますが。手伝わすのはほどほどにお願いしますよ」

仲と陳がそんな会話を交わしたのを最後の挨拶《あいさつ》代《が》わりにして家を出て、あとは宮城へと帰って行くのだが。

「嬢ちゃんには明のことで長々と付き合せたな。先生にも世話になったし、礼がてらなにか食っていくか！　もちろん、俺の奢《おご》りだ！」

李将軍が歩きながらそんなことを言ってくる。

——奢りだって！

なんと素敵な響きだろう。しかも相手はお金を持っている人であるとなると、金額面での遠慮の線引きがちょっぴり上がるというものだ。

雨妹にとって奢りは、太子などにもてなされるのとは少し受け取り方が違う。奢りは仕事終わりにパーッとやる、という印象のある行為なのだ。

「やったぁ！　じゃあなんか食べたことのない珍しいのがいいです！」

「久しぶりに、酒が飲みたい気分でありますなぁ」

張り切って手を挙げて述べる雨妹に、陳までちゃっかり希望を告げる。

「よっしゃ、俺のお勧めの店に連れて行ってやる！　安くて旨くて腹いっぱいになるいい店だぞ！」

「私、そういう店って大好きです！」

「いいですなぁ」

こうして三人でにぎやかに、外城の街並みへと足を向けるのだった。

＊＊＊

その日は朝政――官吏ら政務に携わる者が一堂に会する日であった。

広場に整然と並んだ官吏たちを前にして、それぞれの担当者から前の朝政の日から起きたことや、進んだ政務についての報告がなされ、それを聞くのが皇帝の大事な仕事である。

太子である明賢も当然参加しなければならない場で、その付き添いとして立勇とてもちろん同席しなければならない。

立勇としても明賢の背後に立ったままじっとして、時に長々としたお世辞が交じる話を聞いているのは、なかなかの苦行である。

——まあそれでも、一年前に比べればマシになったか。

立勇は内心でそう一人ごちる。

一年ほど前の朝政では、皇帝の志偉《シエイ》は一応顔を出すものの、居眠りをしていることがほとんどであり、代わりに発言する羽目になっていたのが明賢だったりした。

官吏たちはまだ年若い明賢をあからさまに侮り、のらりくらりと意味のない話をするばかりであったのを覚えている。それに笑顔で耐える明賢を見て、自身も口惜しい思いを抱いたものだ。

しかし今の朝廷は、そのような雰囲気とはガラリと変わった。

志偉が居眠りをしなくなり睨《にら》みを利かせているため、その時と比べて官吏の緊張感が大違いだ。意味のない話をしようものなら、志偉から「お前はもういい、下がれ」と落第者の烙印《らくいん》を押される。そうなればその者は、政治の中央から遠ざけられてしまうだろう。

このような一見横暴ともとられかねない行動は、明賢ではまだ様々な不足からできなかったことだ。やはり明賢では未《いま》だ志偉の代わりはできないのだと、実感させられる。

しかしこれも日々勉強なわけで、太子にとっての師であるはずの皇帝が戻ってきたと思えば、目出度《めでた》いことであろう。

その証拠に、明賢は志偉の様子をよくよく観察しているようで、気持ちの持ちようがあくびを噛《か》み殺《ころ》す立勇とは大違いだ。

そのような長い朝政が終わり、執務室に戻る明賢と共に回廊を歩いていた時、正面から衛《えい》将軍である李が歩いてきているのが視界に入る。

このような場合は普段であれば、軽く礼を取り合ってそのまますれ違うのだが。

「これは太子殿下」

今回は、李将軍が立ち止まった。

「やあ李将軍」

これに応じるように、明賢も足を止める。

「これから近衛たちの見回りかな？」

明賢が尋ねるのに、李将軍は「そうです」と頷《うなず》く。

「近衛がたるんでは宮城の平穏を保てませんからな、これからギュっと締めねばなりません」

濡《ぬ》れた布を絞るような仕草を見せる李将軍に、明賢が「おやおや、厳しいことだ」と苦笑する。

「けれど、たまには緩むことも必要ではないですか？　厳しいばかりでは嫌になる者もいるのでは？」

明賢がそう問いかけると、これに李将軍が眉《まゆ》を上げてみせて答えた。

「いいえ、そのような平穏を望む者であれば、近衛を辞めて平兵士の暮らしをしておればよろしい。あれこそ、戦時には精一杯働いてもらわねばなりませんが、平時では里を見守りつつのんびりしていてもよいのですから」

李将軍の表情や態度は朗らかだが、言葉としては厳しいものが発せられる。

「近衛である以上は国のため、ひいては皇帝陛下のために命をかける気持ちを常に持つことが必要なのです。上に立つ者として、そのあたりを見誤ってはいけませんぞ」

そう意見を述べられ、明賢がぐっと息を呑《の》むのが立勇から見て取れた。

「なるほど、これはこちらの不勉強でした。そういえばこの立勇も、私のために常に命をかけてくれています」

「左様、それこそが近衛の有り様でございますよ」

明賢が意見を引いてみせると、李将軍はまるで出来の悪い弟子に教えを授けるように、そう告げた。

この両者を見ていて、立勇はそっと息を吐く。

――明賢様はやはり武人からの信頼が、皇帝陛下に及ぶべくもないか。

現皇帝の志偉は、武力で皇帝の座をもぎ取った人物だ。

そもそも志偉は皇后の子であったものの、最初から皇帝の座に最も近かったわけではない。当時は他に有力な皇子が幾人もいたと聞く。それを偶然も重なったものの、武力で他者の批判をねじ伏せて今の座に就いたのである。

故に、武官の後ろ盾が非常に強いのだ。

これに対して明賢は、一応嗜《たしな》みとして剣を振るうことがあるものの、自ら先陣を切って戦場に立つような性格ではない。どちらかというと、後方で策を練る方が得意であろう。

こうしたことは本人の性質で、どちらが優れているというものではないのだろうが、志偉のような人物の方が武人に好まれることは確かだ。

この点を補うべく立勇がいるのだし、一方この点で「太子失格」の烙印を押そうと狙っているのが、皇太后一派であろう。

志偉が皇帝の座に就いたのは当人の努力だろうが、その努力の末に幸運にも転がり込んできた権力に、皇太后は溺《おぼ》れてしまったらしい。権力をふるうための心地よい地位を、皇太后は永遠に自身のものにしたいのだ。そのための切り札が、皇太后子飼いの皇后唯一の皇子である大偉《ダウエイ》である。

大偉はその性格には色々難があるものの、武人としては優れた才能を持つと聞いている。だからこそ、「武に長《た》けた現皇帝陛下の跡取りは、大偉の方がふさわしい」ということで、皇太后と皇后は大偉にいつまでも皇后の姓をとっての「路《ルウ》皇子」ではなく、皇帝の姓である「劉《リュウ》」を名乗らせ、「大偉皇子」と呼ばせているのである。

本来ならば「劉」の姓を与えられて省略して名で呼ばれるのは、皇帝の庇護《ひご》下にある成人していない子と、跡継ぎである太子だけであるというのに。

太子であっても、今後の人生が約束されたわけではない。事実これまでの歴史で、太子が亡くなって新たな太子が立つという話は何度もあったのだから。

――私の精進がまだまだ足りぬということか。

このように、立勇が考え事をしていると、李将軍が、「そうだ、そうだ」と話を変えてきた。

「そちらの立勇の伝手《つて》で紹介された外城暮らしの医者ですがね。おかげさまで上手い具合に明の奴と相性が良さそうで、病も快方に向かっているみたいでしてな。いやぁ、よかったよかった」

機嫌が良さそうに言ってくる李将軍を見ると、明の治療は順調に進んでいるようだ。

「お役に立てたのならば光栄でございます」

名を呼ばれた立勇はそう応じるものの、生憎とその紹介された医者という人物を知らないままだった。

後ほど雨妹から「陳先生のお師匠様です」と聞かされたものの、陳が腕のいい医者であることは確かなので、その師匠もきっとできた人物であろうと想像するばかりである。

ただ、その医者から手土産に薬茶を貰ったとかで、雨妹が「美味しく飲みたいので淹れてほしい」と頼んでくるものだから、茶を淹れてやったのだ。そして確かに美味しいお茶であった。

そのように茶を嗜むのだから、その者は気性の優しい医者なのかと思ったものだ。

明賢も似たようなことを考えたのだろう、李将軍に向けて言葉を綴《つづ》る。

「それはよかった。聞けば明とやらはかなりの医者嫌いの御仁だそうだが、その医者殿はそのような者でも信頼に足るような優しいお人だったのでしょうね」

微笑みながら語る明賢に、しかし李将軍は「いやいや」と首を横に振った。

「逆ですよ。かなり厳しいお人でしてな、これが逆に兵士暮らしが長い男だと効くのです。命令されるとつい言うことを聞いてしまうという、なんとも悲しい性《さが》ですな」

「ははぁ、そういうものなのですね」

明賢は話を聞いて目を丸くしている。

その傍らで、立勇は「そういうこともあるな」と内心で頷く。

兵士や近衛という絶対的な上司がいる軍組織に長く属している者は、命令されることに慣れているため、反射的に従ってしまうのだろう。

陳は真面目な良い医者だが、病気や患者を前にすると誰であろうと引かない所もあるので、厳しいという表現が意外というわけではない。なのでその師匠という医者の性格も、想定外ということもないだろう。

雨妹の話でも、その医者は兵士に対して独自の意見があるらしいと聞いているし、もしかすると戦場にいたことがある人物なのかもしれない、とも立勇は思う。

立勇が一人そう考えに耽《ふけ》っていると、「しかしですなぁ」と李将軍がまたもや話を変えた。

「立勇の伝手であるあの娘御は、不思議と気難しそうなお人を惹《ひ》きつけるところがありますなぁ。傍《はた》から見ていると楽しいのですが、うっかり妙な輩《やから》を引っかけそうで、少々心配にもなるところですぞ」

李将軍のこの指摘は、不可抗力ながらうっかり先述の大偉皇子を引っかけた過去がある雨妹なので、見守る側である立勇としても思うところがある。

「身近にいる者がよくよく気を付けてやらねば、なにか大事に巻き込まれまいかと懸念するところですな。なにしろじっとしていられない娘のようですから、大人しく静かにしているように強要するのは酷でしょうし」

これまたもっともな指摘をされて、立勇は黙る。

——あの娘、自分から問題ごとに首を突っ込みに行く質《たち》だからな。

野次馬をすることを日々の楽しみにしているような性格である。大人しく何事にも興味を示さず静かに暮らせというのは、雨妹にとっては死の宣告に等しいのではないだろうか？

「どうやら、立勇の兄弟殿と交流が深いと聞いておりますので。娘の不幸を願わないのであれば、何者にも負けないように腕を磨き、よくよく注視しておくことですな」

李将軍はそう言うと、ニヤリと笑って去って行った。

――あのお人は、言いたいことを言って去ったな。

残された立勇と明賢は、互いに目を見合わせる。

「あれは、彼女について忠告をしてくれたのかな？」

「……私はそのように考えます」

戸惑うように呟《つぶや》く明賢に、立勇は頷く。

雨妹はどうやら、「コイツは大丈夫なのか？」と心配になるような強烈な印象を、李将軍に植え付けたようである。

目につくところで動かれても心配になるが、見えないともっと心配になるとは、なんとも難儀な娘だと言えよう。

第三章　秋のたより

明《ミン》を仲《チ》医《ヨ》師《ン》に任せることができてから、数日後。

雨妹《ユイメイ》の元に、友人で太子宮の宮女である鈴鈴《リンリン》から手紙がきた。

「なになに……」

鈴鈴曰《いわ》く、キノコが故郷から送られて来たので、いつもお世話になっているお礼にご馳走《ちそう》したいとのことだ。

――おぉ、キノコかぁ！

キノコは百花宮《ひやっかきゅう》でも日陰でたまに見るが、キノコを見分ける知識のない雨妹には、怖くて手が出せない代物である。

しかもキノコは都だと安い食材ではないようで、宮女の食事にまであまり回ってこないのだ。

その点、山間の里である鈴鈴の故郷ではキノコ採取の知識に長《た》けていて、特に今年はキノコが豊作だったのだそうだ。

『故郷でよく食べたキノコ汁を、ぜひ一緒に食べたいです』

そう手紙が締めくくられていて、鈴鈴が故郷の味をご馳走してくれるらしいことに、雨妹は気分がホッコリする。

雨妹はキノコだって好きだ。前世では家族でマッタケ狩りにでかけたものである。なのでキノコ汁はすごく楽しみだが、それをどこで作るか？　という問題が同時に発生する。

「下手に目立つ場所で作ると、野次馬につままれちゃうんだよねぇ」

そう、大勢の見る前で作られる料理や菓子は皆のもの、というような暗黙の了解的な法則が、宮女には存在するのだ。

それでもいい場合は外の開放されている竈《かまど》を使っても構わないが、鈴鈴の好意を他に駄々漏らしにするのは気が引けるというもの。かといって、太子宮付きの鈴鈴を連れて食堂の竈を使わせてもらうのもどうだろう？　嫌がる台所番がいるかもしれない。

鈴鈴から手紙で提案された日にちが明後日なので、すぐにでも場所を決めて返事をしてあげたい。

――どこかいい場所がないかなぁ？

雨妹は考えて、やがていい場所に思い当たる。

「あ、そうだよ、陳《チエン》先生のところですればいいじゃん！」

この名案に、雨妹は思わず手を叩《たた》く。

陳には普段からお世話になっていることだし、一緒にキノコ汁をご馳走になるのはどうだろう？

これは良い考えに思えた。

そのあたりの事を早速確認しに行こうと、雨妹は掃除をササッとやってしまってから医局へと向かう。

ちなみに今日は残念なことに、栗の木掃除を引き当てることができなかった。

「陳先生〜、いらっしゃいますかぁ？」

「おう、入れ」

医局の戸越しに声をかけると、中から気軽な返事があった。

中へ入ると、陳がなにやら薄茶色いものに囲まれて作業をしていた。

「へぇ、それって花生《ファシオン》じゃないですか！」

雨妹は花生――前世では落花生と呼んでいたそれを、今世で初めて見る。それが陳の座った周りにワサワサと並べられていた。どうやら乾燥させた花生のようだ。

「お、知っているとはさすがだな」

陳は花生を剥《む》いて中身を取り出す作業を一旦《いったん》止めて、雨妹に目をやる。

「これは薬として仕入れているものだが、今年は豊作だったようで、この通り量が多くてまいっているところだ。なあ雨妹？」

「ハイハイ、手伝えばいいんですね」

ニコニコ笑う陳に、雨妹はそう言って花生の近くに座って、剥くのを手伝い始めた。

――この国って、珍しいものはとりあえず薬として入って来る感じがあるよね。

医者という職業に従事する者は、他の人々と違って新しいものを受け入れやすいのかもしれない。

この花生も保存のこともあるためきっとこのままではなく、丸薬のように加工するのだろう。

しかし、それにしても量が多い。

「これ、使いきれますか？」

「そうなんだよ、さすがに多すぎで、全部を薬にするには余るかと思っている。お前さん、なにか活用法を知らないか？」

「いいんですかっ⁉」

陳にそう尋ねられて、雨妹は目を輝かせて前のめりの姿勢になる。

「だったら私、花生の豆花《トウファ》が食べたいですっ！」

前世では花生の豆花――ピーナッツ豆腐が大好きだった雨妹であるので、こんな好機を逃す手はない。それに、キノコ汁のお礼に鈴鈴に振舞うのもいいだろう。

この国で一般的に食べられる豆腐は、保存のことを考えて非常に固く作ってあるので、豆花のような柔らかい豆腐は御馳走《ごちそう》である。そしてそれは花生の豆花も同じことだ。あのもちもちプルプルの食感を、ぜひ今世でも味わいたい。

ウキウキし始めた雨妹に、陳が目を丸くする。雨妹がこんなに喜ぶとは思っていなかったようだ。

「おう、どういうものだか知らんが、わけてやるからまずは剥いてくれ」

「おまかせください！」

陳にそう言われた雨妹は、先程までとは段違いの速さで花生を剥いていくのだった。

そして剥きながら、そもそもここへ来た目的について思い出す。

「そうだ先生、明後日にキノコ汁の会をする場所を探しているんです。こちらの竈をお借りできませんか？　先生にもご馳走しますので」

「キノコ汁の会？」

謎の会合に首を捻《ひね》る陳に、鈴鈴からの手紙の内容について簡単に説明する。

「ほう、山里から届くキノコか。そりゃあ美味《うま》かろうな」

話を聞いた陳はそう言って「いいぞ」と頷《うなず》く。

「その日なら私がいるし、場所くらい貸してやる。というより、そんなことに医局を使いたがるのはお前さんくらいだよ」

後半で言外に「変わり者だ」と言われた雨妹であるが、キノコ汁の会が開催できそうなので気にしないことにする。

――よぅし！　楽しみだなぁ♪

こうして場所を借りることができたところで、ひたすらに花生を剥いていく。

やがて全部を剥き終えたところで、早速花生の加工に入るのだが。

「なにを作るのか気になるから、ここで作っていけ」

陳にそう言われたので、雨妹はありがたく医局の竈を使わせてもらう。

貰《もら》える量から考えて、全ての花生を豆腐にするのも多すぎるということで、花生の豆花とピーナッツバター――花生醤《ファシオンジヤン》を作ることにした。そして手間から考えて、花生醤の方を先に作ることにする。

花生醤の作り方は簡単だ。花生を薄皮ごと鍋《なべ》で炒《い》ったものを、すり鉢でなめらかになるまでひたすらにするのだ。薄皮を剥く場合もあるが、薄皮には栄養があるし、なにより雨妹が薄皮ごと加工する方が好みである。

雨妹は鍋を借りて落花生を炒ると、すり鉢でゴリゴリしていく。

「ふんぬうぅ……！」

これを手作業でやるのはかなり骨の折れることだが、美味《おい》しいものを食べるための労力は厭《いと》わないのが雨妹である。

――ピーナッツバターを饅頭《まんじゅう》につけて食べるんだもんね！

雨妹のこの美味しいものへの執念が、フワフワでなめらかな花生醤を生み出すのだ。

「ふひぃ……」

雨妹の腕の筋肉の悲鳴と引き換えに、無事にフワフワでなめらかな花生醤が出来上がった。

出来上がった花生醤を見て、陳が驚いている。

「ほう、花生がこんなになめらかになるなんて知らなかったな。香ばしくていい香りだ」

陳は花生を薬にするためにもっとカラカラにしてしまうので、このように水分が残っている状態で加工しないのだろう。珍しそうに香りを嗅《か》いでいる。

「味見をどうぞ！」

雨妹が匙《さじ》を差し出すと、陳が早速すり鉢から掬《すく》ってパクリと口へ運ぶ。

「うん、美味い！　花生とは美味かったんだな」

「どんなものでも薬にしちゃったら、味なんてほぼしないものですしね」

花生についての新発見に感心している陳に、雨妹はそう告げた。

次に花生の豆花。こちらも作り方はいたって簡単だが、まず乾燥させた花生を水に浸して戻す必要がある。

なのでこの日は水に浸けるだけで、次の日に改めて作りに来た。

「よし、やりますよ！」

日を跨《また》いだところで気合を入れ直した雨妹は、水を吸って膨らんだ花生を、これまた薄皮ごとすり鉢ですりつぶすと、水を加えてよくよく混ぜて、これを布でこして汁を搾る。

――昨日から続けて、腕が痛い！

きっとこの二日で、雨妹の二の腕に筋肉がついていることだろう。

これが豆乳などを大量に使う台所ならば、簡素な作りだが粉砕して汁を搾る機械があるのだけれど、個人だと手作業でやるしかない。それにやはり機械で搾る豆乳は粗く、手作業の味には敵《かな》わないのである……と美娜《メイナ》が言っていた。

前世でフードプロセッサーのお世話になりっぱなしだった雨妹の耳には、非常に痛い話である。

こうして搾った汁を鍋に入れて、でんぷんを加えてから火にかけるのだが、雨妹は炒った花生の風味が好きなので、昨日作った花生醤も加えてみた。

でんぷんは医局にあるので、それを分けてもらう。

これを焦がさないように気を付けながら、鍋底《なべぞこ》が見えるくらいの固さになるまで練って、型に流し入れて冷ませば完成だ。

涼しい時期なので、井戸水で冷やしていればすぐに固まるだろう。

まだ温かいものの、型の中でプルプルになっている花生の豆花を見た陳が、不思議な物体を前にしているかのような顔になる。

「実に謎だ、昨日の醤もそうだが、花生がこんな風になるなんて考えもしなかったぞ。せいぜい砕いて饅頭に入れるのかと思った」

「まあそれもアリですけど。やっぱり花生そのものを味わいたかったらコレですよ！」

雨妹は陳に胸を張って告げた。

これでキノコ汁の付け合わせの甘味はバッチリだ。好みで塩味のものを添えて一緒に食べれば、花生の風味が引き立つというものである。

ちなみに、昨日のうちに早速鈴鈴に手紙を「最速でお願いします」と速達賃を使って出して、明日の夕食でキノコ汁を食べようということになっている。

雨妹は心がキノコ汁に飛ぼうとしている時、ふと気づいた。

「そうだ、これって明様の差し入れにいいんじゃないですかね？　花生って肝臓にいい食べ物ですし、お酒の飲みすぎで肝臓が弱っている今の明様に必要なものかもしれません」

ただし、高カロリー食品なので食べすぎ注意だが。

雨妹の進言に、陳も「そういえばそうか」と頷く。

「師匠を通じて差し入れるか？」

「今は涼しいですから、こっちの花生醤なら保存がききますよ」

そんなわけで、早速空いている小さめの壺《つぼ》に花生醤を入れて、仲に送ることにした。

もちろん、仲が食べる分も用意してだ。

こうして準備が整ったところで、翌日になった。

時刻はいつもの夕食時よりも早めである。理由としては、鈴鈴たちは妃嬪たちよりも前に食事を済ませる癖がついているそうなので、それに合わせようということになったのだ。

「雨妹さぁん！」

医局の前で待つ雨妹の目に、片手で荷物を抱えてもう片手で大きく振る鈴鈴の姿が見えた。

「おぉ～い、鈴鈴！」

雨妹も手を大きく振り返す。

ここのところ熊男と一緒な事が多かったので、小動物系な鈴鈴の姿が目に優しく感じられる。

ただし、その癒しの鈴鈴には同行者がいたのだけれども。

――なんで立彬様《リビン》がいるの？

そう、鈴鈴の背後をついて来ている、キノコが入った大きな籠《かご》を持った立彬の姿が、雨妹の視界にバッチリ入っていたのである。

想定外の約一名はとりあえずおいておいて、まずは鈴鈴の出迎えである。

「雨妹さん！　今日はいつもお世話になっているお礼に、私がご馳走《ちそう》しちゃいますからね！」

「ありがとう鈴鈴、すっごく楽しみだよ！」

ドーンと抱き着いてきた鈴鈴を受け止め、雨妹はウンウンと頷きながら、その後方に視線をやった。

「で、なんで立彬様も来たんですか？」

そう尋ねた雨妹に、籠を抱え直しながら立彬が答える。

「……誘われたのでな」

――なんで誘ったの、鈴鈴⁉

別に、立彬と顔を合わせたくないということではない。しかし、会いたくて仕方なかったわけでもない。そして人が増えれば雨妹の取り分がちょっぴり減る、なんてことも頭を過《よぎ》ったりする。

そんな雨妹の苦悩を、鈴鈴は知ってか知らずか。

「だって、雨妹さんは立彬様と仲良しじゃないですか！」

鈴鈴の輝く笑顔でそう告げられ、雨妹は首を捻る。

「仲良し……？」

「仲良し……」

立彬は眉間《みけん》に皺《しわ》を寄せている。

雨妹にとって立彬はそこそこ気心の知れた相手であることは確かであるのに、なんとなく不本意な気持ちになるのは何故《なぜ》だろうか？


そんなことがあったが、とりあえず皆で医局の中に入った。

「これは竈に持っていけばいいのか？」

立彬が抱えた籠をどこに置くかについて尋ねてくる。

「そうですね、もうお鍋とかも洗っていますので、準備万端です！」

雨妹はそう言うものの、大きめの鍋を台所から借りてきて良かったと安堵《あんど》する。想像以上にキノコの量が多いのだ。

「こりゃあ、すごい量のキノコだなぁ」

様子を見に来た陳も感心している通り、立彬が抱えていた大きめの籠にはみっちりと干したキノコが詰まっている。

これに、鈴鈴が嬉《うれ》しそうに話す。

「知恵者の友だちと食べなさいって、里の人が蜂蜜《はちみつ》の差し入れと一緒に持ってきてくれたんです」

なるほど、どうやらこれは春先の蜂蜜の件のお礼も兼ねたものだったようだ。

それにしても、鈴鈴の里の人たちは雨妹の心をくすぐるのが実に上手《うま》い。お金を貰ったとしても、使う機会が限られる百花宮では困ってしまうが、こういう美味しい消えもののお礼は大歓迎だ。

「それにそれに、ウチの里のキノコ汁は余所《よそ》とは一味違いますよ。なにせ味付けに独特な調味料を使ってますから！」

そう言ってエッヘンと胸を張る鈴鈴が、撫《な》で回したくなるくらいに可愛《かわい》い。

「私、里を出てから余所ではコレを食べていないんだって知って、すっごく驚いたんですよねぇ」

鈴鈴が話しながら、持っている荷物から小さめの壺を取り出した。

「これです！」

そしてパカッと開けられた壺の中身は、濃い茶色で独特の匂いが香ってくるのだが、どこか雨妹の記憶を刺激するその匂いは心をざわめかせる。

「里で採れる大豆で作った醤なんですけど、美味しいんですよ。雨妹さん、味見をどうぞ！」

「どれどれ……」

鈴鈴に勧められた雨妹は、匙でほんのちょっと中身を掬って口に入れると、カッと目を見開く。

——これは、これは……！

匙を咥《くわ》えたままワナワナと震えている雨妹に気付いていないのか、立彬が壺の中身を覗《のぞ》き込んで首を捻っている。

「大豆の醤というが、私が見慣れたものではないな？」

「そうなんですよ、里の外じゃあコレじゃなくって、水っぽいものしかないんですねぇ」

立彬の指摘に、鈴鈴が不満そうにそう告げる。

「……それで雨妹よ、お前は何故泣いているんだ？」

どうやら気付いていないのではなく、知らない振りをしようとしたができなかったらしい立彬に、雨妹はそう問われる。

「私は今感動しているんです、放っておいてください」

むしろ勝利の雄たけびをあげたい気持ちをぐっと堪《こら》えているのを、褒めてほしいくらいである。

一体なにに勝利したのかは、本人にもわかっていないが。

——なんてことだ、味噌《みそ》だよコレって!!

そう、鈴鈴の故郷の調味料というのは、郷愁を誘う匂いといい見た目といい味といい、まさしく味噌だった。

　まさかこの味が鈴鈴の里にあったとは驚きだが、以前確かに里では大豆が特産だと聞いていた。大豆を生産しているのならば、保存の観点から味噌づくりをしていても不思議ではない。食糧を得るのが厳しい里であるようなので、搾りかすが出る醤油《しょうゆ》よりも、まるごと食べられる味噌を好んだのだろう。

　――鈴鈴こそ、私の仙女様だよ！

　鈴鈴を拝みたくなってきた雨妹ともう一人、味噌に驚いているのが陳である。

「ほう！　これを食す里があるとは知らなかったな」

　陳はしげしげと壺の中身を眺めると、立ち上がって薬棚から壺を取ってきてから鈴鈴の壺の隣に置く。

　中に入っているのは、雨妹も以前に見せてもらった丸い固形の味噌だ。

「こっちは大豆の醤《ジャン》の水分を絞らないまま干したものだが、おそらく元は同じだろう」

　陳が丸薬味噌を一つ取って鈴鈴の掌《てのひら》に載せてやると、鈴鈴が目を丸くしてそれを見つめている。

「里の外にもあったんですね！」

「コレは薬だがね、弱った患者に精をつけさせるのに使うんだ。柔らかいと、このような香りがするのだなぁ！　なるほど、なるほど」

　鈴鈴と陳が互いに感心している横で駄々泣きしている雨妹がいるという状況に、一人ついていけていないのが立彬であった。

「……なにも感じない私がおかしいのか？」

周りが皆感情が振り切れている状態に、立彬は己に自信がなくなったようだ。

なにはともあれ、このようにそれぞれに驚きをもたらした味噌を使って、早速キノコ汁を作ることとなった。

「これ、全部はちょっと入れすぎですかね？」

「そうだねぇ」

鍋《なべ》を前にして、雨妹は鈴鈴と二人で「う〜ん」と悩む。

干しキノコなので、水で戻せば当然嵩《かさ》が増す。干した状態でも鍋にみっちりとなるのに、水を吸って戻ると大変なことになるだろう。

そこで相談の結果、持ち込んだ干しキノコを半分使うことにして、鈴鈴の好意であとはこの場にいる面々で分けて持ち帰ることとなった。

——ようし、美娜さんへのお土産だ！

美娜もきっとこんなにたくさんのキノコを目にすることはそうそうないだろうから、喜ぶに違いない。

「できれば、そちらの醤も少々分けて貰《もら》えるとありがたい」

立彬は鈴鈴にそう要望を述べている。恐らくはキノコと共に太子に贈るのだろう。キノコ汁を自分だけで食べることに、気が咎《とが》めたことと思われた。

鈴鈴が太子にキノコをお裾《すそ》分《わ》けしないのか？　という意見もあるかもしれないが、鈴鈴は里の贈り物を太子に分けるなんて考えもしないだろう。田舎で採れたものを太子の口に入れるだなんて恐れ多い、と考える方が普通だ。田舎では普通に食べていたキノコが、都では高価だということまで考えが至らないものなのである。

とにかく、嬉しい手土産ができたところで、キノコ汁作りだ。

まずは半分の干しキノコを種類が偏らないようにしながら選び、たっぷりと鍋に入れた水に投入して、これが煮立ったところで野菜を入れて煮込む。再び煮立ったら火を弱めて味噌を入れれば、干しキノコが出汁《だし》にも具にもなっているという一石二鳥に美味しい、キノコ汁の完成だ。

その作業をする鈴鈴の背後に立って、作業工程を書き記しているのが立彬である。

――この人も、色々大変だなぁ。

自分だけが美味しいものを食べて「得しちゃった♪」で終われないのが、この男であろう。

そんな立彬はおいておくとして。

キノコ汁にはなんとなく米が食べたい気がした雨妹だったので、本日は米を炊いてある。

秋は新米の季節でもあった。既に収穫された暖かい地域の米が都に入ってきているらしく、辺境で暮らしていた頃には「米を食べたいだなんて贅沢《ぜいたく》だ」と思っていた雨妹の口にもこうして入るのだから、嬉しい話だ。

「よし、出来ました！」

「美味しそう！」

大鍋にたっぷり入ったキノコ汁は、とてもいい匂いがしていて食欲を刺激する。

「貸せ、私が運ぼう」

大鍋を立彬が陳の待つ部屋まで運んでくれるというので、素直におまかせした。

雨妹と鈴鈴の二人がかりでギリギリ持ち上がった鍋を、軽々とではないが余裕な様子で運ぶ立彬はさすがの力持ちである。これが陳だと、恐らくは抱えることもできないだろう。

──まあ、なんちゃって宦官《かんがん》だしね。

そのせいで陳とは筋肉の付き方が違うのだから、陳が特別ひ弱だということではないだろう。ところで、陳は立彬の宦官らしからぬ身体《からだ》に違和感があるだろうに、今までそれについて指摘したのを聞いたことがない。きっと触らぬ神になんとやら……という気持ちなのだろう。

まあ、そのことはともかくとして。

キノコ汁の鍋とご飯を炊いた釜《かま》を真ん中に置いて囲んだら、早速鈴鈴が皆に装《よそ》っていく。

「みなさんどうぞ、たくさん食べてください！」

「では遠慮なく、いただこう」

まずは年長者からということで、陳が最初に口をつける。

キノコを食べて、汁をズズッと啜《すす》った陳が「ふむ、美味い！」と声を上げた。

「丸薬も湯に溶いて使うが、これはあれよりも風味が強いな。それにキノコの味もよく出ている」

感心しきりの陳は、キノコ汁を夢中で食べて、途中でご飯を挟む。

「確かに、これは美味い」

次に口をつけた立彬も、目を細めてキノコ汁を味わっている。言葉少なだが口に合ったようで、減る速度が速い。

そしてようやく雨妹と鈴鈴もキノコ汁を食べる。

「これこれ、この味です！」

鈴鈴はキノコ汁を一口食べて、満面の笑みを浮かべた。

「これが里では、秋の御馳走《ごちそう》なんです。私は秋に一度はこれを食べないと、調子が悪くなっちゃいます」

「なるほど、鈴鈴の故郷の味なのだね」

そう話す鈴鈴に陳が告げた。

そして、雨妹はというと。

「おいひい……」

泣きながらキノコ汁を食べているところだ。

――私、鈴鈴の里の子として育ちたかった……！

何故自分が預けられたのは辺境だったのか、鈴鈴の里には尼寺はなかったのか？

蜂蜜といいキノコといい、鈴鈴の里には美味しいものが揃《そろ》っている。山奥だというだけでそれが見逃されていたなんて、勿体《もったい》ない話である。

こうして、皆でキノコ汁を楽しんだところで。

「雨妹、アレを出さないのか？」

陳に言われた雨妹はハッとする。

そうだ、キノコ味噌汁の感動で他のなにもかもがどうでもよくなっていたが、雨妹も作っていたものがあるのだった。

「私、甘味を用意しておいたんです！」

雨妹はそう言ってから立ち上がると、医局の裏にある井戸に行って冷やしていた花生の豆花を引き上げ、医局の棚で保管してもらっていた花生醤も持って戻る。

「コレなんですけど、今から分けますね」

雨妹はそう言って、まずは花生の豆花を切り分けていく。

「なんだそれは、豆花か？　いや、どことなく違うか？」

立彬が観察する通り、豆花に比べると見た目からプルプルしているし、色合いが豆花よりも茶色い。それになにより、大豆とは違う花生の香りがする。

「花生っていう豆で作ったもので、栄養があるんですよ？　陳先生に薬の材料として入ってきた花生が多いとかで、分けてもらったので作ってみました」

雨妹はそう話しながら、次に花生醤と持って来た饅頭《まんじゅう》を配る。

「この饅頭はなんだ？」

「花生醤《ファシオンジャン》をつけて楽しむのにちょうどいいと思いまして」

立彬の疑問に雨妹はそう答える。

「米を食べた後に、饅頭も食べるのか？」

立彬が不思議そうにしているが、なにが不思議だというのだろう。主食にも甘味にもなる万能な食べ物、それが饅頭である。それにちゃんと饅頭は小さめに作ってもらっているのだ。もちろん、出所は美娜である。

立彬のように不思議がることをしない鈴鈴は、皿に載った花生の豆花を揺らしていたが、やがて匙《さじ》で掬《すく》って口に運ぶ。

「ん！　なんか舌の上でねっとりとして、食べたことのない味がします！」

「豆花とは違うでしょう？」

鈴鈴の花生の豆花の食感に驚いて目を丸くする様子に、雨妹はそう言って「よっしゃ！」と内心で笑みを浮かべつつ、自らも食べる。

「うん、美味しい！」

花生の豆花は味を足さなくても十分な美味しさで、雨妹も大満足な出来栄えだった。

「こりゃあ、酒を飲んだ後に食べると美味そうだなぁ」

陳がそんなことを言っているのに、立彬も「確かに」と同意している。

花生は肝臓に良い食べ物なので、それはそれで理にかなった食べ方であるとも言えるだろう。

次に花生醤の方も食べてもらう。

「……食べたことのない味だな。先程の豆花のねっとりとしたのが、また違った食感になっているというか」

「美味しい！　私これ好きですっ！」

立彬が懸命に食レポしようとしている横で、鈴鈴が素直な感想を述べる。

この国ではクリーム状の食べ物をあまり見ないため、食感が珍しいのは確かだろう。クリームに近いものをあえて挙げるとすれば、マヨネーズ一歩手前の卵黄と油を混ぜた醬か。だからこそ、佳《カイ》で作ったタルタルソースが目新しかったのだ。

クリームがない原因としては、牛でも山羊でも、乳汁が手に入りにくいという背景もあるかもしれない。以前皇太后が牛乳を好んでいると聞いたように、偉い人の口には入るようだが、庶民では見る機会などほとんどないのだ。

そして食文化というものは大体庶民の側の工夫から発展していくものであるため、クリームが生まれ難《にく》いのも道理だろう。

乳製品を常食とする人々には遊牧民たちの存在があるので、もしかすると遊牧民と接するであろう国の外れの方では、クリーム状の食品を食べているのかもしれない。

そんなクリーム事情はともかくとして。

あれだけ最初饅頭に文句をつけていた立彬が、饅頭を千切ってはそれに花生醬をつけて食べるを繰り返している。どうやら花生醬を気に入ったらしい。

「これ、花生って豆なんですよね？　大豆でもこんな風になるんですか？」

そして鈴鈴は花生醬の作り方が気になったようだ。

「大豆に比べて花生は油が多いから、こんな風になるの。花生豆花がモチモチしているのもそうだね。だから大豆を同じように加工しようと思ったら、油を足してあげないと。あとは気合と根性！」

雨妹はそう説明しながら「ムン」と力こぶを見せる真似をする。

「そうさな、お前さんコレを作るのにかなり長いことゴリゴリしていたもんな」

その様子を知っている陳が「うんうん」と頷《うなず》きながら、自身も饅頭に花生醤をたっぷりつけて食べている。陳の言う通り、二日続けてのゴリゴリ作業で、腕はパンパンだ。

どうやら大豆で作ってみたい様子の鈴鈴に、雨妹は花生醤の作り方を簡単に説明しておいた。花生豆花の方も一応教えたが、こちらは豆花と作る工程に大して変わりはなく、違う点は鍋で練るほどにモチモチ食感になるくらいである。

なにはともあれ、こうして大満足のキノコ汁の会となった。

「ご馳走《ちそう》になった礼だ、食後のお茶は私が淹《い》れよう」

そう話す立彬が立ち上がったのに、陳が声を上げる。

「ああ、ならばこの茶にしてくれ。師匠から新しく貰ったんだ」

そう言って陳が差し出したのは、あの仲が配合した薬茶だ。なんでも早速花生の醤を持って行ったらしく、それと物々交換で貰ったのだという。

「どうやら師匠は雨妹に褒められたのが嬉《うれ》しかったらしくてな、あの時とは違う茶だってことだ」

「へぇ、それは楽しみです！」

陳の話に雨妹は喜びつつ、一人なんの話かわからない鈴鈴に、薬茶をくれた仲について話をする。

その間に、立彬がお茶を淹れてくれるのだが。

「太子殿下のお付きの方にお茶を淹れてもらうなんて、贅沢ですね！」

鈴鈴は目をキラキラさせながら竈をチラチラ見ていたが、「そう言えば」とふと思い出したように声を上げた。

「雨妹さん、知ってます？　近衛《このえ》の方たちってこの時期に剣術の大会をするんですよ！」

「へぇ、そんなことをするの？」

雨妹は初耳の行事に驚くものの、それが宮女である自身とどう関係があるというのか？　と首を捻《ひね》る。

そんな雨妹に、鈴鈴がニンマリして告げる。

「それが、私たちからも見える広場でやるんです！　まあ見えるって言っても、立派な席があるわけじゃあなくって、壁をよじ登ったり屋根に上がったりして見るんですけど」

鈴鈴の話に、雨妹は「ふむふむ」と頷く。

「なるほど、壁の向こうの近い場所でやるのか」

雨妹は先立って訪れた近衛の建物の位置を脳内で確認する。

近衛とは皇帝を守る部隊であるので、皇帝のお膝元《ひざもと》である宮城から離れた場所で催すわけにはいかないのだろう。それに、百花宮の住人たちに、「ちゃんと仕事をしているぞ！」と宣伝する意味合いもあるのかもしれない。

そんなことを考えている雨妹に、鈴鈴が「それでそれで」と話を続ける。

「私は去年はお仕事で観《み》れなかったんですけど、今年は『観に行ってきなさい』って宮の姉さんにいい場所を教えてもらっちゃいました！　もし雨妹さんも時間ができるのなら、一緒に見物しませんかっ⁉」

このなんとも魅惑的なお誘いに、雨妹の華流ドラマオタク心が疼《うず》く。

——剣術大会とか、燃えるじゃないのさ⁉

これはぜひ観に行かなければ後悔しそうである。

「行く！　なんとしても時間を作ってみせるからね！」

「やった！」

握りこぶしを作る雨妹に、鈴鈴が喜ぶ。

「ああ、そんな時期だなぁ」

陳はというと、あまり興味がないようで、反応が薄い。

一方で、そんな話で盛り上がっている雨妹たちから離れたところで、お茶を持って来た立彬が渋い顔をしていた。

——この人は、出場するのかなぁ？

気になった雨妹は、お茶を配られた際にヒソッと聞いてみた。

「ところで、大会に出るんですか？」

「誰が」と言わずに尋ねられたが、立彬も自身の事を言われていると気付いたようだ。

「……明賢《メイシエン》様の護衛という仕事があるので、不参加が認められている」

「なぁんだ、そうなんですか」

どうやら立勇の無双する姿は見られないようで、雨妹はちょっぴりがっかりするのであった。

＊＊＊

秋は冬前に片付けたい様々な案件が舞い込むので、忙しい季節である。

なにしろ広い国内で冬は雪で往来が途絶える地域もあるので、その前にやるべきことをしておかねばならないのだ。

この日、立勇《リーヨン》が太子のもとへ戻ったのは、秋の日没が日増しに早まっていて、外もすっかり暗くなった頃だった。

部屋には灯《あか》りがつけられているが、もう書類を読むには向かない環境であろう。そんな中で明賢が書類の読み過ぎで目を痛めているところに、立勇は包みを手に持って帰ってきたらしい。

「ただいま戻りました」

そう挨拶《あいさつ》をする立勇に、少し目を充血させている明賢がニコリと微笑む。

「お帰り、楽しかったかい？」

穏やかな口調ながらも、赤らんだその目に鋭く射抜くような力が籠《こも》っている。

立勇はため息を堪えて抗議する。

「そのような目で見ないでください、行ってこいと仰ったのは明賢様ではないですか」

そう、立勇は鈴鈴から「雨妹さんと一緒にキノコ汁を食べる約束をしたのですが、一緒にどうですか？」と誘われたものの、己の一存で決めることができるはずがない。明賢が「行っておいで」

と言ったから参加したのだ。

これに、「そうなんだけどね」と明賢が拗《す》ねるようにフイっと顔を背ける。

「私だって、できるならば書類ばかり睨《にら》んでいないで、キノコ汁を食べに行きたかったよ」

そんなぼやきを漏らす明賢であるが、もし今が暇であったなら本当に参加していそうである。太子に参加されては他の面々が寛《くつろ》げるはずがなく、彼らにとっては明賢が忙しくて助かったと言えるかもしれない。

それはともあれ、「いつまでも機嫌を損ねられては困る」と言わんばかりの視線を、部屋の片隅から秀玲《シオウリン》から向けられているのがわかる。

――これだけは持ってきておいてよかった。

立勇は持っていた包みを目の前に掲げてみせた。

「土産を持ち帰りましたので、それで満足してください」

「土産とは、なんだい？」

拗ねるのをやめた明賢が、顔を上げて問うてくる。

「実は鈴鈴が持っていたキノコが余りましたので、それぞれで分けていいとの話になり、持ち帰って参りました。こちらは鈴鈴の里の独特の調味料と一緒に台所に預けてあるので、夕食には間に合わずとも、朝食で出ることでしょう。あと……」

そこで言葉を切って、包みを明賢のいる卓の上に置いた。

「雨妹がこのようなものを作っておりましたので、こちらも分けてもらいました」

そう話しながら包みを開けた中にあったのは、花生豆花と花生醤である。それぞれを少量ずつ取り分けて持って来たのだ。

「まあ、こちらは豆花？　でも色合いが少々違いますわね？」

まずは花生豆花に目をつけた秀玲が不思議そうにしているのに、立勇は説明する。

「似たようなものですが、使っているのが大豆ではなく花生という豆だそうです。それで作った豆花と醤で、雨妹が言うには身体にいいとのことでした」

「ふぅん？　こちらの醤は香りがいいね。しかも不思議な感触だ」

一緒に添えていた匙で花生醤を掬っている明賢がそのまま食べそうだったので、秀玲が慌てて取り上げて、先に自身が口に入れた。

「まあ！　舌に絡みつくようだけれど、嫌な味ではないのね。不思議だわ」

秀玲が目を丸くしてしげしげと花生醤を見つめているのに対して、明賢が「そろそろいいんじゃないかな？」と不満そうな顔をする。

「あら、失礼しました。初めての味だったもので驚いてしまいまして。どうぞ殿下」

笑って誤魔化した秀玲が、花生醤に新しい匙を添えて明賢の前に置く。

「母上、こちらのお茶は陳医師の師匠殿が配合したという薬茶だそうです。こちらも少しだけ分けていただきました。薬っぽさは確かに残っているものの、なかなか美味しいお茶です」

立勇は秀玲に薬茶を渡し、そのお茶が淹れられている内に、明賢は花生醤に早速手を伸ばしている。

ちなみにさすがに食事前に饅頭《まんじゅう》は重たいだろうと思って、割愛してあった。

「本当だ！　不思議な感じがする食べ物だね。花生だっけ？　初めて聞くな」

明賢の疑問に、立勇は医局で聞いてきた話を語る。

「はい、元々薬の材料として入ってきた花生を、多すぎるとかで食べ物に加工したのだそうです。今の涼しい時期なら、保存もある程度利くとのことでした。雨妹が言うには、これを饅頭につけて食べるのが美味しいらしいですね」

「そうか、では明日の朝食は饅頭を出してもらおうかな」

立勇の説明を聞いて、明賢がウキウキした表情を浮かべる。

次に花生の豆花を食べた明賢だが、豆花とは少し違う食感を面白がりつつ、首を傾げる。

「どうしてこんなにモチモチするのだろうね？」

「雨妹の話によれば、大豆に比べて花生は油分が多いからだそうですね」

立勇が答えを述べると、明賢は「そうなんだ」と呟《つぶや》いてからまた一口食べていると、秀玲から薬茶が供された。

その澄んだお茶の色に、立勇は「己もまだまだだな」と感じる。雨妹は彼の淹れるお茶を持ち上げてくれるが、秀玲の淹れるお茶に比べれば拙いものだ。

「ふむ、不思議な風味のするお茶だね。初めての味わいだ」

薬茶は明賢の口に合ったようで、満足そうに笑みを浮かべた。

どうやら明賢のご機嫌は治ったようで、立勇はひとまずは安心していたのだが。

「そう言えば、準備はどうだい？」

明賢が「どれに関する準備か」とは言わずに、突然そう尋ねてきた。

「……まあ、そこそこできています」

立勇が一瞬言葉に詰まりつつ答えたのだが、これを聞いた明賢が妙にニコニコしている。

「うん、ならいいんだ、頑張ってね。やるからには最後まで、だよ？」

しかしそれ以上に追及してくることなく告げる明賢に、立勇は一礼する。

「はい、精一杯努力いたします」

この様子を、秀玲もニコニコして見ているのだった。

第四章　剣術大会

キノコ汁の会の翌日の夕刻。

「へぇ、近衛《このえ》の大会ねぇ。もうそんな時期か」

雨妹《ユイメイ》が美娜《メイナ》と卓を挟んで夕食を食べつつ話すと、美娜はあまり気のない様子でそう言った。

この日は雨妹が提供した鈴鈴《リンリン》から分けてもらったキノコを使った、餡《あん》かけ麺《めん》である。

——ん〜、美味《おい》しい♪

太めの麺に塩味の餡が絡み、だんだんと寒くなってきて風に冷やされた身体《からだ》が温まる料理だ。キノコ以外にも色々な野菜が入っていて、栄養満点である。

先日の栗ご飯と同じく、これも台所番の誰かの故郷の味らしく、きっと寒い地域に育った人なのだろう。そう考えるとまるで家にお邪魔してご馳走《ちそう》になった気持ちになって、どこか懐かしい味に思えてくるから不思議である。

干しキノコは少量でも出汁《だし》がとれて料理に貢献するため、雨妹はどうせなら台所で使ってもらおうと思ったのだ。おかげで、こうして美味しい夕食にありつけているので正解だろう。

それはともかくとして。

「美娜さんは、あんまり興味がない感じですか？」

この話に食い気味ではない美娜に、雨妹は問いかける。

すると美娜は「う〜ん」と困ったような顔をした。

「そうさねぇ、ああした剣なんかをふり回すのを見るのは、アタシはちょいと怖いね」

こう答えた美娜に、雨妹は「そうですかぁ」と応じる。

——確かに、そう考える人もいるか。

この国では剣とはすなわち、戦争の道具だ。その剣が自分たちの方に向けられないという保証はどこにもないので、怖いと思うのは当然だろう。

雨妹の暮らした辺境は田舎過ぎて、兵士なんていう職種の人たちすらいなかったが、もし故郷で兵士が大きな顔をして横暴をしていたならば、余計に剣が怖いだろう。

そう言えば美娜は前にも、兵士にあんまりいい印象を持っていないみたいな様子だった。となると、美娜の故郷は兵士が横暴なお土地柄だったのかもしれない。

「まあ、ここにいれば剣でのいざこざとは無縁だし、そこは安心だね」

そんな風に話して笑う美娜に、海で戦場の端っこを経験しましたとは、さすがに言えない雨妹であった。

そして美娜はあまり悲壮な感じには見えないので、雨妹もあまり追及することではないと思って、これ以上は突っ込まずにおく。

ちなみにこの件に誘ってきた鈴鈴だが、近衛や兵士に対して特に思う所がなさそうだったのは、彼女も雨妹同様の田舎組だからだろう。

話を聞くと、鈴鈴の故郷は雨妹の育った辺境よりはマシであるものの、あちらはあちらでかなりの田舎っぷりのようである。だからお互いに接するのが気安いのだろう。これが都会育ちを相手にすると、育ちの違いで会話が成立しないこともあるのだ。

そんな田舎語りはおいておくとして。

美娜は自身は興味を持てないものの、観戦に行きたい雨妹のことは気になるらしい。

「けど、あれはかなりの長丁場だよ？　観《み》る方も疲れるって聞くさね」

美娜の言う通り、あの後鈴鈴に詳しく聞いた話によると、ほとんどの近衛が参加するため、数日かけて試合をするのだという。

美娜の懸念に、雨妹は笑顔を返す。

「もちろん、全部は観ませんよ。どうやら勝ち抜き戦らしいので、最後の方を観ようかと思っています」

そう、どうせ観るならば決勝戦だろうと、鈴鈴と話し合って決めたのだ。

「そうかい。ならつまむのに麻花《マーホア》を作ってあげるから、鈴鈴と一緒に食べなよ」

「ありがとうございます！」

美娜の好意に、雨妹はお礼を言いつつ「やった！」と小さく拳《こぶし》を握る。

――おやつをゲットだ！

雨妹はこれで、俄然《がぜん》当日が楽しみになってきた。

その後、瞬く間に時が過ぎていく。

雨妹は剣術大会での休みをもぎ取ろうと、猛烈に掃除をしまくった。

「敷地中を掃除して、休まざるを得ないようにするつもりかい」

その雨妹の情熱を見た楊《ヤン》を、そう呆《あき》れさせたほどだ。

だがおかげで当日の休みを貰《もら》えて、鈴鈴と約束した観戦の日となった。

「やっほー、鈴鈴！」

「雨妹さん！」

雨妹は待ち合わせ場所とした太子宮に近い庭園の一角で鈴鈴と合流する。

「こっちです、早速行きましょう！」

そう話す笑顔の鈴鈴に連れられて、雨妹は目的の場所へと移動していく。

ちなみに、今の雨妹の格好は頭に頭巾《ずきん》を被《かぶ》っている。今回はどうやら大勢の人が剣術大会を見に来るらしく、どこで誰に見られているかわからないので、用心して髪を隠しているのだ。

これに「掃除でもないのにどうして頭巾をしているのか？」と疑問を持たれそうだが、鈴鈴はそこを全く追及してこない。もしかして頭巾は雨妹の身体の一部くらいの認識なのかもしれない。

それはともかくとして。

「ここです！」

「へぇ、こりゃあすごいわ」

鈴鈴に目的地に到着したと言われた雨妹は、感心の声を漏らす。

その場所は、あまり人のいない場所だった。それも当然で、そこは太子宮に管理されている敷地であり、関係者以外は入れないのだ。

その敷地にある蔵の屋根の上から、剣術大会が催される舞台がよく見えるのだそうだ。

塀に囲まれた敷地の出入りには門の鍵《かぎ》を開けねばならず、鈴鈴はその鍵の持ち主と親しくなり、特別に門の鍵を貸してもらったということだった。

門が開いたところで蔵の鍵は別であるし、屋根に上るだけならば中を通らずとも、蔵にたてかけた梯子《はしご》を上ればいいだけだ。

雨妹と鈴鈴はお互いに田舎育ちで、木登りなどは生活必須《ひっす》能力であったので、高い場所が怖いなんてことはないのであった。

それにしても門の鍵を貸すとはいささか不用心な気がした雨妹だったが、よくよく考えればこの状況で雨妹たちが出来心からうっかり盗難騒ぎを起こしたとしても、真っ先に疑われるのは鍵を借りた雨妹たちだ。速やかに捕まるのがわかっていて妙な欲を出すのは、よほどの馬鹿だろう。

それに盗んだとして、その品物をどうするというのか？　売って金に換えるような場所が、百花《ひやっか》宮《きゅう》の中にあるはずもない。出入りの露天商に売れば一発で発覚するだろう。

――つまり、鍵を貸すくらいどうってことないってことか。

妙な不安も消えたところで、雨妹たちは荷物を背負ってさっさと梯子を上っていく。

そうそう、鈴鈴も観戦中につまむものを持ってきていた。あちらは酥《スウ》で、さすが太子宮の台所は持たせるおやつもお洒落《しゃれ》だ。

屋根に上がりきると、宮城内が遠くまで見渡せた。

「おー、よく見える！」

「うわぁ、すごいですねぇ！」

鈴鈴も初めてここへ上がったらしく、感心している。

もちろんのことながら、目的の百花宮の壁の向こうの舞台もバッチリ見えた。

――さすが太子宮の蔵、いい場所に建ってるよ！

むしろ、もしかしてこの目的のために建てたのでは？　と疑いたくなるような好立地である。

蔵から見下ろせる外朝との境の壁には、雨妹たちと同じように見物に来た宮女や女官たちが、立てかけた梯子に上っている姿が見られた。このあたりの壁はあまり高く作られておらず、見物がしやすいようだ。これが城門付近のように見上げるように高い壁であったら、覗《のぞ》くなんて到底無理であるだろう。

――近衛の敷地の壁だから、こちらからの脱走とかは無理だっていうことかな？

もしくは、火事などの緊急の際の避難路であるのかもしれない。

雨妹はそのようなことを考えながら、お尻《しり》が痛くならないようにと持って来た座具をお尻の下に敷いて、「よっこいしょ」と座る。

時間も頃合いで、そろそろ試合が始まるようだ。

試合の舞台となっている壁向こうの会場の周辺は、あちらも見物人が群がっている。その見物人を見下ろす位置にある建物の二階に、特別な人たちのための見物席が設けられていた。誰もが煌《きら》びやかな衣装を身に纏《まと》っていて、おそらくは宮城に勤めている高貴な方々であろう。

この賑々《にぎにぎ》しさを見るに、やはり剣術大会はこの秋の目玉の催しであるようだ。

「あ、太子殿下もいらっしゃいますよ！」

その見物席を眺めていた鈴鈴が、そんな声を上げた。

「どこどこ？」

「ほら、あそこの赤い服を着た人からちょっと右にある椅子に座った……」

雨妹が尋ねると、鈴鈴が見つけた場所を説明する。

すると確かに小さくではあるが、太子の姿を発見できた。けれど見えたのは、人によってはあれが太子だと確信できない大きさだ。特定できた鈴鈴がすごいと言える。

「鈴鈴って目がいいんだね？」

「はい、数少ない自慢です！」

雨妹が問いかけると、鈴鈴が満面の笑みで頷《うなず》く。

かくいう雨妹も目の良さには自信がある。やはり田舎っ子は目が良くなるのだろうか？

けれど雨妹のその視力をもって確認をしても、太子の傍《そば》に秀玲《シオウリン》はいるが、立彬《リビン》も立勇《リーヨン》もいない。

どうやら席を外しているようだ。

しかし太子がいるとしたら当然いるだろうなと、雨妹は太子から視線を逸《そ》らしてさらに会場を観察していく。

そしてすぐに発見できた。

「皇帝陛下もいらっしゃるね」

そう、太子よりももっと偉いというか、国で最も偉い人も見物していたのである。

「え、どこですか⁉　皇帝陛下ってどんな方です⁉」

鈴鈴が俄然興味を持って目を凝らし出す。どうやら彼女はまだ皇帝と未遭遇であるようだ。

「あそこの、太子殿下よりも奥にある立派そうな椅子に座っているお方だよ」

雨妹は鈴鈴に説明しながら、皇帝の様子をじっくりと観察する。

――髭《ひげ》、ちゃんとあるなぁ。

宦官《かんがん》姿で現れた時はバッサリと剃《そ》っていたというのに、あれは付け髭なのだろうか？　そのあたりが非常に気になるところで、「誰かうっかり引っぱってくれないかな」と不謹慎なことを考えてしまう。

一方で、初めて皇帝を見た鈴鈴はというと。

「へぇ～、あれが陛下ですかぁ、初めて見ました。なんか良い事がありそうです！」

鈴鈴も以前の美娜と似たようなことを言っている。

やはり宮女にとっての皇帝とは、幸運グッズなのだ。

その皇帝には、当然護衛がついていた。

「李《リー》将軍もいるね」

雨妹は皇帝の傍らを見て呟《つぶや》く。

そう、皇帝の横には護衛役であろう、李将軍が立っていた。あの熊男ぶりは見間違えようがない。

ああしていると、ちゃんと将軍に見えるから不思議だ。同行してもらった際の李将軍は、どうしても街の雰囲気に馴染《なじ》みすぎて将軍感が薄かったのである。

「へぇ、あの方が李将軍ですかぁ。大きい方なんですねぇ」

鈴鈴は李将軍も初めて見たらしい。

そんな雨妹たちの会話が聞こえたはずもないだろうが、李将軍がふと顔をめぐらせてこちらを見た。そして屋根の上にいる雨妹に気が付いたらしく、李将軍が驚いたような顔をしつつもこちらに向かって手を振ってくる。

──振らなくていいから！　っていうかなんで振っちゃうの、目立つでしょうが⁉

李将軍の気軽な態度に、雨妹はギョッとしてしまう。あの熊男は、少々気軽が過ぎないだろうか？

雨妹の渋い顔があちらに見えているかどうかわからないが、李将軍がそんなことをしているせいで、その隣にいる皇帝までこちらを見てしまった。

「……！」

雨妹を見つけたのであろう皇帝は絶句している様子だったが、やがてゆっくりと正面に向き直る。そして皇帝が何事か話しかけると、李将軍もこちらを見るのを止《や》めた。

──よかった、偉いよ皇帝陛下！

全く、人騒がせな熊男である。

「李将軍、誰に手を振っていたんでしょうね？」

雨妹の隣で、鈴鈴が不思議そうにしている。

「さぁ、誰だろうねぇ？」

雨妹はそうとぼけるしかなかった。

ちなみに、皇太后や皇后の姿はなかった。彼女たちはこうした催しに興味がないのかもしれない。

そんなことがあったものの、それからすぐに近衛のお偉いさんっぽい人が舞台の真ん中に立って挨拶《あいさつ》を述べ始めた。どうやらいよいよ始まるらしい。

試合の内容だが、鈴鈴が仕入れた情報によると、集団での東西戦と、個人での決勝戦と三位決定戦をやるようだ。

個人優勝した人は褒美として、李将軍と対決をするらしい。

——それ、本当にご褒美なの？

雨妹としては疑問だが、「強者は強者を求める」的なご褒美なのかもしれないと考え直す。

そして本日最初の試合は、三位決定戦だそうだ。

いよいよ出番である対戦者たちが拍手に迎えられて出てきたが、二人は剣を下げた男と、槍《やり》を持った男であった。

「あれ？　片方、剣術大会だけど剣じゃないんだ」

首を捻《ひね》る雨妹に、鈴鈴が告げる。

「武器はなんでもいいみたいですよ？」

「なるほど」

剣術大会というのはあくまで大会名であり、剣縛りの大会ではないようだ。

二人はお互いに決められた距離を取って、構えた。

その二人の様子を審判役の男が見極めている。

「始め！」

次いでそう号令がかかると同時に、二人が同時に動く。

ギィン！

ガン！

武器や鎧《よろい》がぶつかり合う音が、風に乗って雨妹たちの所まで響いてくる。

二人共に剣と槍を鮮やかに操って攻撃を繰り出している様子に、周囲の観客が応援の声を上げている。攻撃して防御してを互いに繰り返し、その動きが止まることはない。

「離れていても、すごい迫力ですねぇ！」

「うんうん！」

鈴鈴が始まりから勢いのある攻防に、前のめり気味になっている。あまり前のめりになり過ぎると屋根から落ちてしまいそうな気がするので、雨妹はそっと鈴鈴の服の帯を握っておく。

けれどよくよく見ると、槍使いの方が槍の長さを利用した動きをしていて、剣使いを近寄らせないでいるようだ。けれど決定打も繰り出せないようで、凌《しの》いでいる剣使いとの膠着状態《こうちゃくじょうたい》が続いていた。

前世でのスポーツ大会でもそうだったが、実力差があると一方的な結果になることが多いが、実力が拮抗《きっこう》するとなかなか勝負が決まらなかったりするのだ。

それは、剣や槍であっても同じであるらしい。

それから、このような攻防が結構長く続いていた。

「粘るなぁ」

剣使いは槍の攻撃が結構身体をかすっているようであるのに、全く痛そうにしない。頑丈なのか、気合で痛みを堪《こら》えているのか、どちらにしろすごいことである。

「頑張りますねぇ！」

鈴鈴も頬を赤らめて「いけ、やれ！」などと呟いている。彼女は案外、前世だとプロレスなどにハマる質《たち》なのかもしれない。

こうして鈴鈴を興奮させている戦いだったが、なかなか決着がつかないことに先に焦《じ》れたのは、槍使いの方だった。次第に声を荒らげる場面が目立ってきている。

――あの人、苛々《いらいら》しているなぁ。

あまり辛抱強い人ではないのかもしれない、と雨妹が考えていると。

「あ！」

鈴鈴が思わずといったように屋根の上で立ち上がった。

苛々するあまりに大振りになった槍を掻《か》い潜《くぐ》った剣使いが、槍使いに接近したのだ。ああなると、柄が長い槍だと攻撃がし辛《づら》くなるだろう。

体勢が崩れた槍使いに剣使いが攻撃を加え、槍を手から落とさせて刃先を首筋に当てる。

その一連の流れはまさしく一瞬だった。

「勝負あり！」

そんな審判役の声が風に乗って聞こえてきて、観客からワアッと歓声が上がった。

「すごい、剣の人が勝ちましたよ！」

「はぁ～、粘るのが作戦だったのかなぁ？」

屋根の上で跳ねようとする鈴鈴を「危ないから」と言って座らせつつ、雨妹は勝った剣使いに拍手を送る。

「……！」

舞台の上では負けたことが気に食わないのか、槍使いが審判役に食って掛かっている。

風に乗って届く声を拾い聞くと、「こんな格下に俺が負けるはずがない」といったような内容であるようだ。もしかしてあの槍使いは、そこそこ名の知れた近衛なのかもしれない。

——それでも負けて文句とか、ちょっとみっともないなぁ。

こういうのは、勝っても負けても互いの健闘を称《たた》え合うのがお約束ではないだろうか？　敗者の美学というものだってあるだろうに。

「あの槍の人、嫌な感じです」

「あんまりお行儀がいい人じゃあないっぽいよね」

その舞台の様子を見ていた鈴鈴がむくれているのに、雨妹も「うんうん」と頷く。せっかく手に汗を握る試合に興奮していたのが、台無しにされた気持ちになるのだ。

観客からも槍使いの態度が酷《ひど》いものに見えたのだろう、文句が上がっている。その文句にさらに苛立ったらしい槍使いは、罵声《ばせい》を上げながら手に持った槍を適当に、しかし力いっぱいに投げた。

その方向が、まさに雨妹たちがいる方向である。

「きゃっ⁉」

鈴鈴が身を竦《すく》ませる。

「大丈夫、ここまで届きはしないって」

雨妹は万が一を考えて槍を見張りつつ、鈴鈴を抱きしめて気を落ち着かせていると。

カァン！

小気味良い音が聞こえたかと思ったら、槍が途中で落ちていく。

「へっ？」

突然槍の動きが変わったことに驚く雨妹は、その槍になにかが当たったのが見えた気がした。誰かが槍を撃ち落としたのだ。その撃ち落としたなにかは方向からすると、雨妹たちがいる蔵から離れた場所に建っている見張り台から放たれたようである。

槍は壁のあたりに落ちたようで、そこで見物していた人たちが騒いでいるのが見えた。恐怖というよりも、珍しいものが飛んできたという興奮のようだ。

鈴鈴が恐る恐る周りを見て、槍がもう見えないことにホッと息を吐く。

「どうしたんでしょう？」

「あの見張り台にいる人が、槍を落としたみたいだよ」

あの瞬間を見ていなかったらしい鈴鈴に、雨妹が説明する。

「へぇ、すごいですね！」

感心した鈴鈴が、見張り台に向かって手を振っている。

――言葉で言うと簡単だけどさぁ。

槍を落とすなど、かなりの技術だろう。しかもどうやって落としたのかもわからない。

しかし雨妹はなんとなく、佳《カイ》の海で舟を射てきた人のことを思い出す。あそこにいるのはあの護衛の人なのかもしれないと思いつつ、鈴鈴と一緒に見張り台に手を振った。


あの後結局、槍使いは他の近衛たちに引きずられるようにして舞台から退場させられた。

――あれ、近衛の位を落とされるんじゃないの？

どんな仕事であっても、能力があれば出世が早いわけではない。偉くなるには人間性も問われるものだ。それで言うと、あの往生際の悪さは失点以外のなにものでもないだろう。

その試合が終わると休憩に入るらしく、壁から覗《のぞ》いていた人たちはそこで散っていく。元々長く観ていられない予定の人もいたのだろう。

雨妹たちも丁度いいからと、蔵の屋根から降りて洗手間《シーショウジエン》を済ませに行くことにした。

「誰だと思う？」

「やっぱり去年も勝ち抜いた奴《やつ》じゃないか？」

「けど相手も強いぞ」

洗手間を済ませて戻る雨妹たちの耳に、壁の向こうの観客たちがこの後の試合について予想をたてている声が聞こえてくる。

「この後、一番強い人同士が出るんでしょう？　どんな人なんですかねぇ？　筋肉がムキムキなんでしょうか？」

先程の槍が飛んできた怖さはすっかり忘れたらしい鈴鈴が、そんなことを尋ねてくる。

美娜のように「武器は怖い」とならない所を見ると、鈴鈴はこういう面においてはなかなかに強いらしい。

「岩山みたいに頑丈そうな男かもよ」

雨妹は鈴鈴にそう言い返していると、ふと壁に立てかけてある梯子《はしご》に目が行った。

「そうだ、せっかくだから今のうちに、もっと近くで舞台を見てみない？」

そう言って梯子を指差す雨妹に、鈴鈴も「いいですね！」と同意する。

「始まったら、あんまり近いのはちょっと怖いかもしれないですけど、今なら舞台がどんな感じなのか見たいです！」

雨妹の提案に鈴鈴も乗ってきたので、二人で梯子を上ってみた。

「うわぁ、近いなぁ」

雨妹の目線が屋根の上から下がったことで、より戦いの場が近くに迫ってくるように感じる。舞台の上の石畳の傷まで見えて、ここで普段から訓練していることが窺《うかが》えた。

「はぁ～、ここから見ると迫力があるでしょうねぇ」

鈴鈴は先程の戦いぶりを思い返しているのか、そんなことをしみじみと呟《つぶや》く。

今は休憩中だが、舞台の周囲では色々な作業をしている人たちの姿がある。舞台の上の掃除をしているのは、かけらに足をとられて転ばないようにという気遣いだろうか？　そして離れたところにある天幕では、先程の試合の剣使いの人が、厳《いか》つい男から包帯を巻かれている姿が見えた。

――もしかして、あれが近衛の医者かな？

近くにいる人に指示を出しているので、恐らくは間違いないだろう。

その男は、見た目は医者というよりも武人のようである。兵士を相手にするのであれば、やはり身体を押さえ込むのにも力が必要になるだろうから、自然とああなるのかもしれない。

こうして雨妹が医者の仕事ぶりを眺めていると。

「ねぇそこの、壁の上の人たち」

壁の下から声をかけられた。

「はい？」

下を覗くと、兵士の格好をした若い男がいた。

――あれ、どっかで見たことがあるような……

そんな感覚に襲われる雨妹だったが、しかしさて誰だったかわからない。

けれど雨妹を見た彼は、「やっぱり」と言って笑う。

「そっちの娘さん、いつか近衛のお方と一緒だった宮女さんだろう？」

そう言われて、雨妹もやっと思い出した。

「あ！　あの時の近衛の台所の人だ！」

「そうそう、また会ったね」

雨妹が思い出したことに、彼はホッとした表情になる。

――まあ、人違いだったらとんだ赤っ恥だものね。

もしくは、女を引っかける誘い文句だと思われるかだろう。

「雨妹さん、お知り合いなんですか？」

隣から、鈴鈴が不思議そうに尋ねてくる。宮女が兵士と知り合う場なんて普通はないのだから、疑問に思うのも当然だろう。

雨妹はこれに、特別隠すことでもないので正直に話す。

「知り合いっていうか、前にお遣いで外城まで出た時に、同行した近衛の人に連れて行ってもらった、近衛の建物にある食堂の台所番だよ」

「へぇ、近衛の建物に入れるものなんですねぇ」

この説明を聞いた鈴鈴は、雨妹が近衛の食堂に出入りしたことを素直に感心している。ここで「羨《うらや》ましい！」とならないのが、鈴鈴であろう。

「あなたは、ここでやっぱり見物ですか？」

雨妹が問うと、彼は「それもあるけど」と答える。

「主な目的は小遣い稼ぎだよ」

そう言って彼が指差す先には、小さな天幕の下で鍋《なべ》をかき混ぜている男の姿があった。

「あの人は台所番の先輩で、一緒に見物人に湯《タン》を売っているんだ」

「なるほど、ちょうどいい小遣い稼ぎですね」

彼の話を聞いて、確かにこうした観戦の際にはなにかつまみたくなるものだと納得する。兵士の中にも商魂たくましい人がいるようだ。もしかすると台所番の中で恒例の小遣い稼ぎなのかもしれない。

「あの、その湯って、私たちにも売ってもらえますか？」

こういうことは逃さず楽しみたい雨妹なので、尋ねてみた。

「あ、私も欲しいです！」

隣で鈴鈴も声を上げる。

「もちろん、見物人は皆お客さ」

そう話す彼は、早速天幕に戻って湯の入った器を二つ持ってきてくれた。

「どうぞ」

彼はあちら側から梯子を上って、雨妹たちに器を手渡してくる。

「ありがとうございます！」

「うわぁ、いい香り！」

雨妹たちは喜んで器を受け取った。

梯子を上って壁の上に肘《ひじ》をついて食べるなんて、お行儀が悪いのかもしれないが、今くらいはそんなことは言いっこなしだろう。

これは箸《はし》がいらないようにという気遣いなのか、具の入っていない湯だ。けれど野菜や肉でよく出汁をとっているのだろう、鈴鈴の言うとおりにいい香りがする。

雨妹が早速湯を飲むと、旨味が口いっぱいに広がり、風で少々冷えていた身体を温めてくれた。

「ん～、美味しい♪」

「はい、それに太子宮で出される湯とはちょっと違います。なんだろう、肉の香りが強いんですかねぇ？」

雨妹が湯の美味しさに頬を緩める横で、鈴鈴が湯の味を確かめている。

――確かに、肉の味がするかも。

そこはやはり、男所帯の台所であるからだろう。

「よかった、普段は男ばっかりに食べてもらっているから、お前さんたちの口に合って嬉《うれ》しいよ」

雨妹たちに湯が概《おおむ》ね好評なことに対して、彼は照れたように頬を染めてそんなことを言う。

「あの時に食べた大きな肉団子の湯も、美味しかったです。話を聞いたうちの台所番の宮女が、どんな風に作るのか知りたがってましたよ？」

「余所《よそ》の台所番の方が、そんな……」

雨妹がそう話すと、彼は恐縮するような嬉しいようなといった様子である。

――なんか、可愛《かわい》いなぁ。

雨妹が孫息子を見る祖母のような気持ちで彼を見ていると、彼は「そうだ」と声を上げた。

「ここにいるってことは、やっぱりあの方の応援に来てるんだよね？」

「……はい？」

唐突な話に、雨妹はきょとんとしてしまう。

――あの方の応援ってなに？

謎な事を言われて首を捻《ひね》る雨妹に、彼の方もきょとんとしている。

「あれ、違った？　だって次の試合はあの時に一緒だったあの方が出るだろう？」

彼がそう言ってくるのを聞いてから、雨妹はそう言えば太子の傍に立勇がいなかったことを思い出した。先だっての試合を見ているうちに、それをすっかり忘れていたのだ。

――なになに、立勇様ってば試合に出るの⁉

しかも決勝戦にである。


そんなことがあった後。

湯を飲み終わって器を返した雨妹たちは、台所番の彼と別れて再び屋根の上に戻った。

そうするとちょうどいい頃合いで、次の試合が始まるようだ。

壁際にはまた人が群がっている。先程いた人たちなのか、新たに観に来た人たちなのかはわからないけれども。

そして舞台では、さっきの試合の前にも出て来た近衛のお偉いさんが今回も出てきて喋《しゃべ》った後で、試合をする二人が舞台に現れた。

その片方は、やはり見慣れた男である。

——やっぱり間違いない、立勇様だ！

立勇はあのキノコ汁の会では、出場しないというような話をしていたのに、実は出場するなんてどんなドッキリだろう？　勝ち抜けなかったら格好悪いとか、そういう理由で言わなかったのだろうか？　案外繊細なところがある人なので、そうしたこともあるかもしれない。

けれど出るとわかったからには、精一杯応援しなければならないだろう。

「立勇様、頑張れー！」

雨妹が屋根の上に立ち上がって大声で叫ぶと、立勇がちらっとこちらを見た。しかも遠目にもわかるくらいに渋い顔になったのがわかる。

——なによ、もっと喜んでもいいじゃないのさ！

雨妹がひそかにむくれていると、隣で「あれ？」と鈴鈴が首を捻っていた。

「あっちの人って、なんだか立彬様に似ていませんか？」

さすが鈴鈴は目が良いことが自慢だというだけあり、そのことに気付く。もし目が悪かったなら、この距離であれば似ているかどうかなんて、判別できなかっただろうに。

「あのね、立彬様には双子の兄弟さんが近衛にいて、その人だよ」

「ああなるほど、だから応援しているんですね！」

雨妹の説明を聞いて納得したらしい鈴鈴は、こちらも立ち上がって「頑張ってくださーい！」と叫んでいる。そしてさらに立勇の顔の渋さが増した。

女子の応援に嫌な顔をするとは、けしからん男である。

そんな立勇の対戦相手はというと、横にも縦にも身体が大きな男であった。装備している剣も大きくて、全てにおいて威圧感がある。

湯を貰《もら》う前に壁の向こうの会話を漏れ聞いた際に、去年も勝ち抜いたとかなんとかいう話が出ていたし、「今年も勝てよ！」という声援が飛んでいることから、あの男が去年の優勝者だろう。

「なんかあっちの人って、ヘロヘロな剣くらい当たっても跳ね返しそうだよね」

雨妹の感想に、鈴鈴も頷《うなず》く。

「確かに、雨妹さんが予想していた岩山みたいな人ですね。並んでいると、まるで大人と子供です」

鈴鈴の言う通り、なかなかの体格差だ。立勇とて立派な身体をしているのだが、それに増して相手が大き過ぎだろう。あの恵まれた体格から力押しをやられると、それだけで脅威であろう。

さてさてどうなることかと、雨妹がドキドキして見守っている眼前では、立勇たちが距離を取って構えている。

その様子を確認した審判役の男が号令をかけた。

「始め！」

その直後、先に動いたのは岩山男の方である。

「どりゃあ！」

岩山男が持っている幅広の大剣で、立勇を叩《たた》き潰《つぶ》そうとするかのように振り下ろす。その動きは、あの体格から想像するよりもかなり俊敏だ。

「速いなぁ！」

「はい、あんなに大きな剣が、まるで棒きれみたいです」

感心する雨妹に、鈴鈴も同意しつつそんな感想を述べる。あの大剣はかなり重い――どうかすると成人男性くらいの重さがあるだろうに、岩山男が振り回す様はまるで重さを感じさせない。力と速さを兼ね備えているとは、さすが昨年の優勝者である。

――大丈夫かなぁ、立勇様ってばプチっと潰されない？

相手の圧倒的な強さを目の当たりにして、雨妹は少々心配になってきた。

その立勇は、岩山男から繰り出される攻撃を間一髪で躱《かわ》し逃れているが、すぐさま次の攻撃が繰り出され、それをまた躱しの繰り返しで、攻勢に出られずにいる。

この分だと、立勇にとれる作戦は前の試合の剣使いのように岩山男が疲れるのを待つことかと思いきや。

「あれだけ動いて、まだ疲れないのかぁ」

雨妹は感嘆の声を漏らす。

岩山男の動きは全く鈍ることなく、猛攻が続いていた。

「体力がありますねぇ」

鈴鈴も感心している様子である。

雨妹が考えるに、岩山男が体力に優れていることだってもちろんだが、先程の試合では槍《やり》使いが長引く勝負に焦れたことでの負けだったのに対して、この岩山男はそうした焦りを一切見せない。

――この辺りが、三位以下と一位の違いってヤツなのかも。

この男が戦場にいたら、敵はさぞかし戦いにくいことだろうと、雨妹は素人ながらに思う。体力があって精神力が強いということは、それだけ生きながらえる可能性が高いということなのだから。けど、そんな岩山男を相手取っている立勇の方も、全ての攻撃をギリギリで躱し続けており、疲れを見せずに動き続ける。

「頑張れ、気合ですよ立勇様！」

観客のワアワアと騒ぐ声で応援なんて到底聞こえないとわかっていても、雨妹はそう声を張り上げる。

しかし互いに決めの攻撃が出せず、その攻防がいつまでも続くかのようで、勝負なんてつかないのではないかと思われていた、その時。

「……！」

岩山男の体勢が崩れた。

疲れたり焦ったりしたのではなく、どうやら大剣が手汗で滑ったようだ。

どれほど体力や精神力があっても、汗だけは自力で消すことはできない。水を長時間飲まずにいたら汗は出なくなるだろうが、それだと汗と引き換えに命の危機である。

立勇はその好機を見逃さなかったらしい。岩山男の大剣を足がかりに跳躍し、肩から背中を蹴《け》りつけて相手に膝《ひざ》をつかせた。そのまま、岩山男の首筋に剣を当てる。

その一連の流れは、まさしく一瞬であった。

「勝負あり！」

その直後、審判役が勝利宣言をする。先程の試合でも同じだったが、どうやら首に剣を当てるのが勝ちの仕草であるらしい。首を落としたという意味なのかもしれない。

つまり、この勝負は立勇の勝ちだ。

——立勇様が優勝だよ、すごい！

「やった、偉い、頑張った！」

雨妹は叫びながら立ち上がって、立勇に向けて精一杯手を叩いて称賛を贈った。

雨妹は佳への滞在時でも立勇が鍛練を欠かさない姿を見ていたので、こうして結果が出せたことが他人事《ひとごと》ながらに嬉しい。

「すごい、立彬様のお兄さんが勝ちました！　でもあっちの人も強かったですね！」

鈴鈴も頬を紅潮させて拍手している。

他の観客たちも、盛大に歓声を上げていた。

そんな中、舞台では岩山男が立ち上がってから立勇とガッチリと握手を交わした。一言二言言葉を交わし、二人揃《そろ》って皇帝の方へ礼をして、舞台を去って行く。

その去り際に立勇が雨妹がいる方へ向けて片手をヒラリと振った。あんなに渋い顔をしていたが、一応礼はしてくれるらしい。

——素直じゃない人だなぁ。

雨妹は一人でニンマリする。

こうして非常に盛り上がった決勝戦だったが、結果としては立勇が傷一つ負わない姿での勝利となった。

＊＊＊

立勇は最終試合の舞台に出て、すぐにそちらに気付いた。

――やはり、いたか……。

そこそこ長い時間をかけて行われる剣術大会でどの試合を見るかとなると、最終試合を見たくなるのが人情だろう。立勇としてもそのことをわかっていても、出来れば観に来ないことを願って黙っていたのだが、どうやら小細工は無駄だったようである。

それにしても、どうせ剣術大会のことなど知らないだろうと安心していたというのに、とんだ伏兵がいたものだ。

おかげで、最も高貴な席に座るお方から注がれる視線が痛い。

――あんなに張り切って応援するなと怒鳴ってやりたい。

試合前に苦い思いが広がっている立勇だが、相手と見合うように立つと気を引き締め直す。

最終戦で戦う相手は、粘り強さに定評のある大隊長である。立勇とて何度も稽古《けいこ》をつけてもらったことがある強者だ。

そして結果として立勇の勝利となったが、多分に運の要素が強いものだった。

試合が終わってみれば、大隊長とて汗をかいているが、それ以上に立勇は汗だくだ。この男の大剣を避《よ》け続けて動いたことによる汗と、威圧に堪え続けたことによる冷や汗である。

この威圧は剣術の腕がどうのというのを超えた、経験によって身に纏《まと》うものだ。こればかりはまだまだ若造である立勇が敵《かな》うべくもない点であろう。

自身としても、剣が手から滑らなくて本当によかったと安堵《あんど》している。もちろん、滑らないように工夫してきたのだが。

とにかく勝って終わることができた立勇は、大隊長と握手を交わして互いに健闘を称え合う。

「どうも、胸を借りさせていただきました」

「おうよ、女に声援を送られてポーッとなっていたらブッ飛ばしてやろうと思ったが、そうでもなかったか」

嫌味をおかしみ混じりに言ってくる大隊長に、立勇は反論したくなるのを堪えて、眉《まゆ》を上げるに留《とど》めた。

声援を送る女——雨妹のことは触れないでほしいものだ。でないとあの一角から注がれる視線の強さで、立勇の緊張が解けないのだから。

嫌味にだんまりを返す立勇に、大隊長が「つまらん奴だなぁ」と呟《つぶや》く。

「だが腕を上げたじゃねぇか、これからも頑張れよ」

「ありがとうございます」

大隊長から褒め言葉を貰った立勇は、素直に嬉《うれ》しかった。

なにはともあれ、無事に試合を終えることができた。あとは褒美として李将軍と対戦するだけだ。

しかしこれは公開演武のようなものなので、勝ち負けはさほど気にすることはなく、それなりに派手な戦いぶりを見せればいいのだ。

なのでひと仕事を終えた気分の立勇は舞台から降りて控室へ向かい、汗臭い格好を着替える。この後の李将軍との試合に、この汗臭い姿で臨むわけにはいかないからだ。

するとちょうど着替えを終えた頃に、部屋の戸が叩かれた。

「はい、なんでしょう」

立勇が返答すると、開けられた戸から姿を見せたのは秀玲だった。

「大きな怪我《けが》などはしていないようね、よかった」

秀玲は母として一応立勇の身を心配していたらしい、そう言ってホッとした顔になる。

「母上、ご心配をおかけしました」

立勇がそう述べたのを聞いた秀玲は、微笑《ほほえ》んでみせた後で身体を横にずらした。

「やあ立勇、おめでとう」

その背後にいたのは明賢《メイシエン》だった。

「明賢様、わざわざこのような場所まで来られたのですか」

立勇は驚いて向き直り、礼の姿勢をとる。

これに明賢が「楽にしておくれ」と告げると、室内に入ってきて秀玲が整えた卓に備え付けの椅子に座った。そして秀玲があらかじめ用意していたらしく、持ってきたお茶を淹れて毒見をしてみせた後で、明賢の前にある卓に置き、次いで立勇にも差し出す。

「いただきます」

そう一言断ってお茶を呷《あお》るように飲む。大汗をかいた後で飲むお茶は、とても美味しく感じる立勇である。

明賢の方もお茶を一口飲んでから、口を開く。

「やるからには最後まで勝ち抜けと言いはしたけれど、本当に最後まで残るなんて素晴らしいよ。けどおかげで、少々陛下の目には目立ってしまったようだけどね？」

楽しそうにそう言う明賢であるが、立勇はちっとも楽しくなどない。

――あのように派手にせず、静かに応援できなかったのか。

こうなるのであれば、事前に参加を告げておいて、くれぐれも静かにしてくれと言っておくべきだったかと、今更後悔する。

「それにしても、まさか立勇が剣術大会に参加したいと言ってくるとは思わなかったけど、どういう風の吹き回しなのかな？」

さらに明賢にそう尋ねられて、立勇は一瞬言葉に詰まる。

そう、先日雨妹にも話した通り、立勇は明賢の護衛ということで不参加が許されていた。立勇自身も剣術大会に特に思い入れがなく、ここ二年ほどは参加していなかった。

だが今年は突然参加を表明したのだから、明賢が不思議に思うのも無理はない。

「もしや、李将軍からの忠告を気にしたのかい？」

明賢が先日朝政帰りに李将軍から発破をかけられたことを指摘する。

「いえ、そういうわけではないのですが」

立勇は返答に困り、そう言葉を濁す。

実のところ立勇は李将軍以前に、佳で皇帝の影の統領から暗に「たるんでいる」と言われたことを、ずっと気にしているのであった。圧倒的強者に言われると不安になるのは、立勇だけの性質ではないだろう。

「……思うところがありましたので」

しかしこの真相は口にせず、そうとだけ答える立勇に、明賢は「そうなのかい？」と首を捻《ひね》ってから、言葉を続ける。

「まあたまにはいいんじゃないかな。なにせ君は今、他の近衛と交流を減らしてしまっているし、申し訳なく思っていたんだ」

「そのようなご心配は、無用でございます」

内心を吐露する明賢に、立勇はキッパリと告げる。

この特殊な役目ゆえに他の近衛から軽んじられることがあるのであれば、立勇がその程度の人間だったというだけだ。

「そうかい？　ふふ、だが私は優秀な護衛を持てて鼻が高いよ。この後は李将軍との立ち合いだろう。無理をしないようにね」

「ありがとうございます」

立勇が一礼して見せると、お茶を飲みほした明賢は観覧席へと戻って行った。

さて、立勇はこれから始まる東西戦の間に身体を休め、李将軍との立ち合いに備えなければならない。

――けれどあれは、互いに大技を二つくらい見せれば、後は型に沿って終了するものだしな。

そう大仰に構えることもないだろう。

このように気楽に考えていた立勇だったが、この予定が大きく狂わされることになると、この時点では知る由もなかった。

＊＊＊

立勇が勝った試合からまた休憩を挟んだら、今度は集団での東西戦だ。

今舞台の上では、近衛から選ばれた兵たちがそれぞれ東西に分かれて相対している。

――なんか、運動会みたい。

雨妹が舞台に並んだ一同を見た感想は、このようなものだった。棒倒しや騎馬戦などが、まさしくこのような雰囲気であった気がする。

ちなみにこの東西戦の勝敗は、相手方の大将の頭巾《ずきん》を取ることで決まるらしい。

しかしこの国での頭巾というものは前世で被られていた帽子と違って、礼儀と習慣が相まった大事なものとされている。男が頭巾を取られるというのは、かなりの屈辱的な行為なのだ。

――これも、戦争を想定しているのかもね。

剣を首に当てる行為と同様に、首をとる代わりなのだろう。悔しい思いをしたくなければ勝て、ということだ。

そんな東西戦に参加する近衛たちが持っているのは、剣ではなくて棒である。ここでも剣術大会なのに剣ではないのだが、集団で剣を振り回すのは怪我人が続出すると考えられたのかもしれない。無駄に怪我をさせて、せっかく育てた貴重な人材を失いたくもないだろう。

それにしても東西戦は先程までの一対一の試合とは違って、舞台に熱気が満ちていた。壁際にいる人たちの人数も、若干増えている気がする。この東西戦は個人戦とは違った人気があるようだ。

いよいよ始まるかと眺めていると、試合開始の前、東西の軍から一人ずつ進み出てきた。

まず東軍の人がそう切り出して、戦いに挑む上での心構えなどを朗々と話す。

「我らは……！」

するとそれに応じるように、西軍の人が激しい口調で言い返した。

「なにをなにを、我々は……！」

――これってあれか、戦の前口上ってヤツか。

確か敵が一体何者なのかという確認と、「こちら側に正義がある！」みたいなことを述べあう儀式だったと覚えている。

前世でも昔の大きな戦争では、こうしたことを必ずやっていたと聞いた覚えがあった。名乗り合うのが戦の作法であり、それをせずに先制攻撃で奇襲という作戦は、褒められた戦い方ではなかったのだ。

それも鉄砲や大砲などを持ち込んだ大規模戦争に発展するようになったら、廃れたようだが。

この国ではまだ火薬武器が発達していないので、戦口上が現役で使われているようである。

そんな話はともかくとして。

互いの口上を述べ終えたら、両軍ともに構えの姿勢を取った。

「始め！」

その舞台に向かって、審判役の号令がかかった途端。

ウオオォ！

地鳴りのような雄たけびと共に、東西両軍がぶつかり合う。

近衛たちは棒を繰り出して互いを攻撃しつつ、数人が組んで敵陣の薄い場所を突破しようとして、そのどさくさに人を足場にして敵大将を目指してと、とにかく色々と忙しい。

――これはあれだな、棒倒しと騎馬戦が合体したっぽいのだ。

雨妹は舞台上の動きからそんな風に思いつつ、ごっちゃになっている両軍に声援を飛ばす。

「いけ、そこそこ！」

「ああ惜しい、落とされました！」

「次だよ、すぐ次を出す！」

観ている雨妹と鈴鈴も、大将に突撃する役目の男たちが何度も途中の攻撃で落とされる様を、拳《こぶし》をふり回しながら応援する。

そんな攻防が長く続くのだから、ぶつかり合う近衛たちの男臭さが、離れた雨妹たちのいる屋根の上まで風に乗って漂ってくる。

両軍入り乱れて、だれがどっちだかわからなくなっていた頃、片方の大将が目の前の敵を叩《たた》き落《お》とすことに集中している最中に、横手から近付く姿があった。しかし今相手をしている敵がしぶといために躍起になっていて、横手の接近者に気付かないままだ。

そしてやがて。

「とったぁ！」

雄たけびが上がり、横からの接近者が敵大将の頭巾を取った。

「西軍勝利！」

直後、審判役が宣言する。

ウワァ……！

舞台でどよめきが起きた。「やった！」という声と「なんてことだ」という嘆きの声が入り混じり、ワアワアと響く。

「ちくしょう！」

そんな中で頭巾を取られた大将の叫びが聞こえ、顔を真っ赤にして悔しがっている様子が屋根の上からでも見えた。

雨妹は頭巾を取った功労者が、仲間からの称賛の手でもみくちゃにされている様子を眺めつつ、先程の勝利の瞬間を思い返す。

「あれって、前の人が大将を引き付けておいてからの、横から行くっていう作戦だったのかなぁ？」

「あの前から行った人、強かったですもんねぇ！　どんなにされても落ちなかったし！」

雨妹の推測に、鈴鈴もそんな感想を述べる。

そう、正面から向かった人はすごく粘り強かった。こうしてみると、剣術などの武器を使いこなす強さ以上に、体力が強さを決めるのがわかる。確かに前世でのスポーツ大会でも、最後には体力がものを言うことが多かった気がする。

――体力かぁ、私だってそこそこある方だとは思うけれどさぁ。

雨妹はそんなことを考えつつ、ふと自身の二の腕を掴《つか》んでみた。若干掴める量が増えた気がしなくもない。

なにしろ秋は美味しいものが多いので、自然と食事の量が増えるのだ。そうなると当然、太るという現象が発生する。

――そう言えば、ちょっと体重が増えた気がしなくもないかもしれない……。

雨妹は自身の身体を見下ろす。百花宮に来たばかりの頃にも似たような悩みを抱えた気がするが、これは永遠に消えない乙女の悩みなのだ。

けれど食べることが人生最大の楽しみな雨妹であるので、食事の量を減らしたくはない。

となると、とるべき手段は一つだ。

「私もなにか身体を動かそうかなぁ？」

雨妹が零《こぼ》した言葉に、鈴鈴が反応した。

「あ、雨妹さんもですか？　私も今日の試合を観ていたら、身体を動かしたくなっちゃいました！」

「そう、そうなのよ、へへへ……」

鈴鈴の純粋な気持ちとは少々違うのだが、雨妹はとりあえず頷《うなず》いておく。

──後で立勇様に、痩《や》せるのに効果的な運動を教えてもらおうかな？

今の東西戦を見て、棒術というのも格好良いかもしれないと思った雨妹であった。箒《ほうき》という棒を持っていることが多いので。箒で戦う宮女なんて、まるでどこぞのドラマのヒロインみたいではないか。


このようにして、一対一の試合とはまた違った迫力を楽しんだ後は、閉会式というか、皇帝から勝者へのありがたいお言葉があるのだそうだ。

その後で、勝者である立勇と李将軍との試合である。

「李将軍って将軍なくらいだから、かなり強い人なんだろうねぇ？」

そう話す雨妹は、先だっての気の良いおじさんのような姿しか知らないため、想像をめぐらせてみるのだが、強そうな李将軍像が確立できていない。

「そうですよね、私は今日初めて見たんですけど。雨妹さんは将軍の武勇伝みたいなものをなにか知っていますか？」

鈴鈴からそう尋ねられるが、生憎《あいにく》と出せる情報はなにもない。

「私もこの間初めて李将軍を知ったの。李将軍のことを知らないことを、逆に驚かれたんだよね」

知ったかぶっても仕方ないので正直に話すと、鈴鈴は「そうなんですか」と少しホッとした顔になる。

――わかる、田舎者だから自分だけが知らないんじゃないかって、不安になるよね。

それでも雨妹は「田舎者だからどうした」と開き直る質《たち》だが、鈴鈴は「田舎者で申し訳ない」と謝りそうな性格である。

しかし鈴鈴は別のことも気になったらしい。

「知らないことを驚かれるって、里で里長を知らない人がいない、みたいな感じなんですかね？」

李将軍の有名人っぷりがいまいちピンとこないらしい鈴鈴にとって、知らない人がいない有名人とは里長であるようだ。

――鈴鈴ってば、育ち方が本当に私と似ているわ。

こういう所が都育ちからは馬鹿にされるのだろうが、雨妹からするとホッコリした気分になって落ち着くのだった。

雨妹たちがこんな話をしている間に、舞台では偉い人が長々と話をしている。どうやら今回の大会の総括が語られているようだ。

そろそろ飽きてきてあくびが出てしまいそうになった頃に、その偉い人の話がようやく終わった。皇帝からのありがたいお言葉は、「皆これからもはげめ」という短いものだった。ダレていた空気を読んだのかもしれない。

そして進行役が改めて進み出て、「勝者、王《ワン》立勇。前へ」と告げる。

名を呼ばれた立勇が、一同から前へ進み出る。

――お、いよいよ始まるか。

雨妹が座り直してダレていた姿勢を正し、舞台の上にいた近衛たちも外へ移動する。

「では、李将軍はこちらへ……」

進行役が李将軍に移動を促した時。

「待て」

制止の声を上げたのは、なんと皇帝であった。

ザワッ……！

その場に静かなざわめきが広がる。

このような事態はあまりない事なのか、誰もが戸惑っているようだ。

――なによ、立勇様の勝ち方が気に入らないとか言っちゃうの⁉

雨妹が少々ムッとした顔で状況を注視していると、皇帝が椅子からゆっくり立ち上がる姿が見えた。

周りの偉い人たちが慌てる様子を見せる中、皇帝は欄干のすぐ近くまで歩み出た。

皇帝が近付いてきたことで、立勇や舞台周りにいる近衛たちが一斉に叩頭《こうとう》し、とたんにその場が静かになる。

「王立勇、明賢の護衛の男だな」

皇帝が二階席から発した声は、大きく張り上げているわけでもないのに、雨妹のいる場所までよく通る。どうやら皇帝ともなると発声が良いようだ。

佳の利民《リミン》もそうだったが、大勢に言葉を届ける能力が必須《ひっす》だからだろうか？

――それにしても、今更なんの確認なの？

立勇と皇帝は顔見知りであるだろうに。

声をかけられた立勇は、叩頭したまま「はい」と短く返事をする。

これを聞いた皇帝が何故《なぜ》か、バサッと豪奢《ごうしゃ》な上着を脱ぎ捨てた。

なにもかもが想定外なのだろう、周囲の者がその上着を拾うべきかと迷っている中、皇帝が口を開く。

「先程の立ち合い、実によきものを見せてもらった。その褒美だ、朕が相手をしてやろう」

この皇帝の言葉に、場が再びざわつく。

「誰ぞ、剣を持て！」

誰もが大混乱の中で、皇帝の鋭い声が響いた。


すごい展開になってきたようだ。

最後の勝者の褒美の試合に李将軍ではなく、皇帝が出ることになったという。

――なんで？　なんでこうなるの？

皇帝なんていう一番偉い人は、安全な最奥でドーンと優雅に構えているものではないのか？　それがどうして、「自分が戦いたい！」なんて言い出すのか。

「すごいことになりましたねぇ！」

隣では鈴鈴が興奮している。

「宮の大姉様に聞いたことがあるのですが、皇帝陛下ってすっごくお強いらしいですね！　昔は戦場で恐れられたお人だとか」

「それは、私も聞いたことがあるかな」

鈴鈴の話に、雨妹も頷く。

皇帝がかつては戦場でブイブイいわせていたらしいことを、徐州《ジョシユウ》行きの際に太子から聞いたのだ。そう思えば今回は、皇帝がどのくらい強いのかを見る良い機会だと言えるかもしれない。

そんな会話を交わしている雨妹たちの一方で。

舞台では「皇帝に対して審判とは恐れ多い」と顔色を変えた審判役を、李将軍が代わってやることになったらしい。

皇帝はというと、簡素な鎧《よろい》をつけただけで舞台に立っている。

――近衛の鎧よりもずっと貧弱な鎧なのに、いいの？

雨妹はそう疑問に思ったものの、皇帝はさして問題にしていないようであるし、舞台に降りて来た李将軍とてなにも言わない。

そして、立勇も上下関係が叩き込まれているであろう近衛であるなら、皇帝に対して剣を向けることに相当抵抗があるだろうに。そのあたりはどうなのだろう？

雨妹がなんとなくドキドキしながら、舞台の上を見守っていると。

「両者とも準備はよろしいか？」

そして李将軍が相対している皇帝と立勇との間に立つ。

「いつでもよいわ」

「……」

剣をブラブラと弄《もてあそ》んでいるような様子の皇帝と、無言で剣を構えている立勇が見合う。

「では、始め！」

李将軍の声が上がった、その途端。

「……！」

皇帝が目の前に迫って斬り込んでくる剣を、立勇は辛うじて剣で防ぐ。

——速い！

雨妹が感心したように、皇帝の初動の速さは、ここまで見た二試合の始まりと比べてかなりのものだった。試合開始時では準備万端に構えているように見えなかったというのに、である。

この初手からの攻防に、会場全体にどよめきが走った。

そこから、皇帝の猛攻が始まる。

ガィン！

ギュン！

皇帝は剣を軽く握っているだけに見えるのに、立勇の剣と合わせた瞬間に響く音が、これまでのものとはまるで違う。

皇帝の剣の打ち込みが重いのか、立勇の体勢が徐々に崩れていく上に、防戦一方で後ろに下がりっぱなしだ。

それでも、立勇はなにも手出しができないままでは終わらせなかった。

「……ぁあっ！」

立勇が吼《ほ》えるように雄たけびを上げて、皇帝の懐に飛び込もうと踏み込んで剣を振るう。

——立勇様、度胸あるなぁ！

皇帝に剣を向けることができるとは、雨妹は立勇の強心臓ぶりに息を呑《の》む。

しかしその剣は皇帝に正面から受け止められ、跳ね返される。

その衝撃で立勇の身体がもたなくなったのだろう、彼は足元が崩れて膝《ひざ》をついてしまう。

その首に皇帝の剣が振り下ろされ、すれすれでピタリと止まる。

「勝負あり！」

ここで、李将軍の声が上がった。

一瞬の静寂の後。

ウオオォ！

観客たちから地鳴りのような歓声が響く。

「皇帝陛下！」

「皇帝陛下に忠誠を！」

そして波のうねりのような拍手が上がる。

実はほんの短い時間だったその試合を観終えた雨妹は、一人呆《ほう》けていた。

――強い、これが皇帝陛下……！

これがこの国の国主、そして己の父なのかと、雨妹は胸が熱くなっているのを感じる。

「雨妹さん、皇帝陛下ってすごかったですねぇ！」

「うん……うん！」

話しかけてくる鈴鈴にどこか上の空になりつつ、雨妹は手が痛くなるほどの拍手を送った。

そんな中、皇帝は会場をぐるりと見渡し、雨妹たちがいる屋根の方にも目を向ける。

目が合ったように思ったのは、気のせいだったのか、どうだったのか。

けれどなにはともあれ、これにて剣術大会は終了となった。

＊＊＊

剣術大会の全ての試合が終わった。

歓声が鳴りやまぬ中、疲労から地べたに寝転びたい衝動にかられている立勇を、汗もかいていない志偉《シエイ》が見下ろして告げてくる。

「まだまだ力が足りぬぞ、小僧」

言葉と共に立勇を射抜く視線が、立勇の頭を自然と地面に額突《ぬかず》けさせた。

その立勇の背中に、志偉の言葉が降ってくる。

「その程度で我の大事な玉の傍にあろうとは、笑わせてくれるなよ」

「精進いたします」

立勇がそう返答すると、しばらくして足音が響き、どうやら志偉はゆっくりと舞台から去ったようだ。

「……はぁ」

立勇はちらりと目線だけを上げて志偉の後ろ姿が見えなくなったところで、やっと顔を上げて大きく深呼吸をした。

――やはり、そういうことか……。

立勇は志偉自らが出てきた理由を察して、全身から力が抜ける。

要するに立勇は、志偉から八つ当たりをされたのだ。

志偉があの屋根の上で観戦する雨妹のことが気になって仕方がない様子なのはわかっていた。それなのに雨妹があんなに堂々と応援をするとどうなるか？　その結果が今の立勇である。

――あの娘は周りの感情、特に好意を察するのが上手《うま》い時と、全く鈍い時とがあるからな。

おそらく雨妹はこれまで、周囲から常に好意を向けられる生活をしてこなかったのだろう。

雨妹は誰にでも笑顔で応対する人懐っこさを見せながらも、決して己の内心を悟らせない壁も同時に持っている。

そこそこ付き合いの深い立勇であっても、雨妹がこれまで辺境でどうやって暮らしてきたのか、そのあたりの話を全く聞いたことがない。知っているのは辺境の尼寺の尼たちと仲が良いことと、妙に博識な旅人から得たらしい豊富な知識があることのみだ。

親兄弟のいない娘が一人で辺境という荒地で暮らすのは容易ではないだろうに、どのようにして食料を得ていたのか？　などのことを全く知らないのである。

——身体を売るような生活はしていないのは確かだがな。

もしそうであったなら、百花宮入りの最初の検査で弾《はじ》かれているはずである。

そんな雨妹について立勇が唯一よく知っていることは、人一倍食い意地が張っていることくらいだろう。

立勇がそんな思考に耽《ふけ》っていると。

「立勇、災難だったなぁ」

そこへ、試合を間近で見守っていた李将軍が、心底憐《あわ》れむように声をかけてきた。

「いいえ、皇帝陛下自らに手合わせをしてもらえるなど、光栄なことです」

「ま、そう言うしかないわな」

立勇が述べた言葉に、李将軍がそう言って苦笑しながら肩を貸して立ち上がるのを手伝ってくれる。

立勇はありがたく李将軍の肩に掴まりながら、ひそかに息を吐く。

——この人も、なにをどこまで知っているものかわからんな。

なのでここで迂闊《うかつ》な話をして、立勇が雨妹の日常を邪魔するわけにはいかない。あの娘が求めているのは己の公主の地位の回復ではなく、今のままの生活が続くことなのだから。

そんな立勇の内心を知ってか知らずか、李将軍が立ち上がった立勇の背中をバン！　と叩《たた》いた。

「……っ！」

そのせいで、立勇はせっかく立ち上がったのにまた地面にへたり込みそうになるのを、なんとか堪える。

「お、ちと力が強かったか？」

その様子を見た李将軍がガハハ、と笑う。

「まあ、そんなことはいいか。最後にちいっとアレなことがあったが、お前さんが今日の勝者だ。おめでとうさん」

「ありがとうございます」

李将軍からの称賛に、立勇は礼を述べた。

さらに李将軍が、「ほれほれ」と指でどこかを指し示す。

「早く行かないと、あそこの娘っ子たちが変な奴に捕まるぞ？」

李将軍の言葉を聞いた立勇が視線を動かした先に、雨妹たちがいる屋根の上に話しかけている、若い近衛の姿がある。

近衛は女との出会いが少ない職場であるので、若い彼らが百花宮の宮女となれば話をしてみたいと思う気持ちは、理解できなくもないところだ。

しかしそんな彼らに、「それは相手が悪いぞ」と言ってやりたい。

――雨妹め、とっとと帰ってくれたら私の心労が減るのだがな。

立勇は大きくため息を吐く。

「李将軍、これにて失礼します」

「おう、早く行ってやれや」

立勇はヒラヒラと手を振る李将軍に見送られ、雨妹の方へと向かって行った。

しかしその途中で祝いの言葉を言ってくる同僚に度々足を遮られ、雨妹の回収が遅れたことを悔やむことになるのだが。

＊＊＊

空はすっかり夕暮れに染まっていた。

剣術大会が終わると速やかに撤収かと思いきや、近衛たちはその場から去っていく様子がない。それどころか、舞台の真ん中に大きな天幕を設置し始めている。

壁際にいた人たちも帰るでもなく、そのまま動かずにいる。

「なにしているんだろうね？」

「さぁ、なんでしょう？」

雨妹と鈴鈴が屋根の上から窺《うかが》いつつ、首を傾《かし》げていると。

「おぅい、そこのお二人さん！」

そこへ壁の向こうのまだ若い近衛の格好をした男が、ブンブンと手を振って「こっちこっち！」

と言いながら声をかけてきた。

「私たちに、なにか用ですか？」

雨妹が壁の向こうに聞こえるようにと声を張り上げて尋ねると、その男がニカリと笑う。

「そう！　こっちはこれから打ち上げの宴会なんだ、良ければお前さんたちも参加していくかい？」

男にそんなことを言われて、雨妹は鈴鈴と顔を見合わせた。

――打ち上げはわかるけど、私たちも参加って、できるの？

不思議に思ってそう尋ねると、彼が言うには壁を越えなければいいとのこと。

言われてみれば壁際を見ていると、宮女や女官は壁によじ登ってその上に腰掛け、宦官《かんがん》に至っては壁を乗り越えていく姿がある。

どうやら雨妹たちも壁越しならば、宴会を楽しんでもいいらしい。

さらに見れば舞台の真ん中の天幕では、先ほどの台所番の彼やその仲間たちが鍋《なべ》を運び込んでいる姿が見えた。

――なんか、楽しそう！

ワクワクしてきた雨妹は、隣の鈴鈴を見る。

「私、ちょっとだけ参加して行こうかなぁ？　鈴鈴はどう？　帰らなきゃな感じ？」

一応そう尋ねてみるのだが、答えは聞かずとも、そのキラキラした目でわかるというものだ。

「いえ、私もちょっとだけ楽しんで行きたいです！」

「そうこなくっちゃ！」

予想通りの答えに、二人で手を叩き合った。

というわけで、雨妹たちも屋根から降りて壁の上に移動し、そこに腰かけて宴会へ参加することとなった。

「ほら、これを食ってみな、美味《うま》いぞぉ！」

壁の向こうにいる男たちが、そう言いながら壁の上に座った雨妹たちに天幕から料理を運んできてくれる。

「わ、ありがとうございます！」

「わぁ、いい匂い」

壁の向こうの梯子《はしご》を登って、わざわざ持って上がってくれる男に礼を述べて、雨妹たちは器を受け取る。

肉を豪快にぶつ切りにして煮込んだ料理らしく、雨妹は早速食べる。

「ん、濃厚な味」

味付けは濃い目で、やはり汗をかく仕事をする者たちの料理だからだろう。

「なんか、新しいです」

鈴鈴には経験のない味だったようで、目を丸くしている。

この時、雨妹がふと周りを見ると、壁を挟んで男女に分かれていて、その様子に既視感を覚えた。

――なんか、合コンパーティーみたい。

雨妹の前世の若い頃にはそうそうなかった合コンだが、テレビで見る合コン風景がまさにこのようなものだった覚えがある。

壁の向こうにも宮女のような仕事をする人がいるのだろうが、そうした人たちは偉い人のお付きであろうからして、このような舞台に降りてくるような身分ではない。そのため舞台は男だらけの世界なのである。

なるほど、雨妹たちが誘われたのはそうした「お近付きになりたい、あわよくば結婚相手が欲しい！」という下心があったというわけか。そして壁の上に座る宮女や女官たちも承知しているということだろう。

――ま、いっか！　私は美味しいものを食べるだけよ！

それに近衛の宴会料理というのも興味がある。天幕ではなにかの肉が丸焼きにされているのが見えるが、宮女の台所だとああはいくまい。やはり男飯は豪快だ。

立勇はどうしているのか、太子のお付きに戻ったのかと思って探してみると、舞台の上で誰かに捕まって話し込んでいる姿が見える。

――剣術大会の勝者で主役だし、人気者だろうなぁ。

雨妹は立勇が会話から脱出しようとしては次の話し相手に捕まっていく様を見て、「頑張れ！」と心の中で応援しておく。

そんなことをしていると。

「お前さんがたはここにいたのか」

そう声をかけられ、壁の向こうに休憩で会ったあの台所番がいた。

「どうも、そっちはお仕事ですか？」

「ああ、今は台所番総出さ」

雨妹が尋ねると、彼はそう言って天幕を指差す。

確かに、あちらは今からが戦場のような慌ただしさらしいのが見て取れる。

「ほら、ちょうど肉が焼けたから持ってきたんだ」

そう言う彼が持っている皿に盛られた肉は、どうやら天幕で丸焼きにされているもののようだ。

「なんの肉ですか？」

「熊さ。この日のために狩ってもらった獲物だよ」

雨妹の質問にそう返される。

「熊肉って、私初めてです」

「そうなのかい？　なかなか美味い肉だよ」

彼がそう言って梯子を上って皿を差し出してくる。雨妹はそれを、とりあえず一切れだけ貰《もら》う。

——匂いは普通にお肉の匂いだなぁ。

そう確認してからパクリと食べると、脂の甘さが感じられる上質な肉の味が口の中に広がる。

「美味しい！」

「だろ？　この肉は上物だってよ」

目を輝かせる雨妹に、彼がそう言って笑う。

「ねぇ鈴鈴、これ……」

雨妹は「美味しいから食べて！」と続けようとする。

けれど――

「君、可愛いねぇ」

振り向いた先では、鈴鈴が一人の近衛の男に絡まれていた。

鈴鈴は服装がわかる人には太子宮に所属する宮女だと知れるので、下っ端な格好の雨妹よりも狙われやすいのだろう。

――目を離しちゃったとか、迂闊だったぁ！

雨妹は内心で頭を抱える。

「これ、美味しいです♪」

一方で、鈴鈴自身は絡まれていると気付いていないようで、飲み物を美味しそうに飲んでいる。

だが相手の近衛の鼻の下が伸びている顔を見ると、目的は明らかだ。

鈴鈴の太ももをサワサワとしている男の手を、雨妹は反対側から身を乗り出してパシン！　と叩く。

「駄目ですよ、鈴鈴はそんじょそこいらの男になんてやらないんですからね！」

「うぉ、あぁ～⁉」

雨妹が憤然として告げると、相手は体勢を崩したようで、梯子ごと壁の向こうに落下する。

――ありゃあ、腰を打っていないといいけど。

心配して眺めていると、すぐに立ち上がったので大丈夫そうだ。雨妹がホッとした所に、隣からドーンと体当たりをされた。

「うぎゃ⁉」

危うく雨妹も壁の上から落ちかけて、辛うじて堪えてそちらを見ると、赤い顔をした鈴鈴がしがみついていた。

「雨妹さぁ〜ん、楽しいですねぇ♪」

そう言ってくる鈴鈴の持つ木の杯に注がれている液体からは、微《かす》かに酒の香りがする。

「鈴鈴、お酒飲んじゃったの⁉」

「ふへへへぇ、雨妹さん大好きぃ♪」

問いただす雨妹の脇の下に、鈴鈴が何故か頭をめり込ませようとしてくる。

——鈴鈴って、お酒に弱い娘だったの⁉

鈴鈴の杯にあるのは多少はいい酒であるようだが、それでもほぼ水の酒よりは多少マシといった程度のものだろう。それでここまで酔っ払うとは驚きだ。

そして鈴鈴に酒を持たせた輩《やから》は、酔わせてなにをする気だったのか。雨妹がギロリと睨《にら》むのを、残った近衛の男たちは落ちた男と同じように、鼻の下を伸ばしてニヤニヤと見ている。

その様子にムッとした雨妹が、さてどうしようか？　と考えていると。

「あ！」

料理番の彼がそんな声を上げて、どこかを指差したかと思ったら。

「こら、そこでなにを騒いでいるか」

聞き覚えのある声がしたので視線をそちらに向けたら、立勇の姿があった。

――勝者で本日の主役なのに、こんな壁際に来ていいの？

雨妹が疑問に思う一方で、にわかに慌て出すのが鈴鈴を狙っていた近衛たちだ。

「あの、こちらさんは立勇様のお知り合いですか？」

「そういうことだ。まだここへ残っていたとは、楊殿に心配をかけるな」

尋ねられた立勇は近衛たちにそう返し、後半を雨妹に言ってくる。

「十分楽しんだし、鈴鈴もこうなっちゃったし、もう帰りますってば」

雨妹はぷうっと頬を膨らませて言い返す。

「あ、では、自分たちはこれで……」

そして近衛たちはというと、ヘコヘコしながら連れ立って去っていく。

一人残っていた台所番の彼は、「お迎えが来てよかったな」と言ってくる。

「じゃあこれ、そちらのお方と一緒に食べなよ。きっとろくに食べてないだろうからさ」

「わぁ、ありがとうございます！」

こんもりと肉が盛られた皿を渡したら手を振って去る彼に、雨妹も手を振ってお礼を述べる。

「立勇様、貰っちゃいました！」

雨妹がニパッと笑って皿を見せると、立勇は「そうか」と頷《うなず》く。

「できれば私にも貰えるとありがたい。なにしろ話してばかりでなにも食べられていなくてな、腹が減っているのだ」

「そりゃあもちろん、一緒にどうぞって言われましたし」

雨妹がそう言うと、立勇が梯子を上ってきて壁の上に腰掛けた。

「どうぞ、熊肉だそうですよ」

「なるほど、わざわざ山まで狩りに行ったとは張り切ったものだな」

雨妹の説明を聞きながら、立勇は熊肉を直に指で摘《つ》まんでどんどんと食べていく。雨妹も食べているが、その三倍速で肉が減っていく。どうやら立勇がお腹《なか》を空《す》かせているのは本当らしい。

こうして雨妹たちがひたすら肉を食べている間に、雨妹たちの周りからは人がいなくなっていた。

――あれか、男連れは要らないってやつか。

こういう所も、まさに合コンっぽいと思った雨妹であった。そしてなにより一緒にいるのが剣術大会の勝者なので、挑むのも怖そうというのもあるのだろう。

おかげですっかり静かで、聞こえるのはスースーという雨妹にもたれかかる鈴鈴の寝息のみである。どうやら鈴鈴は酔っ払って寝てしまったらしい。壁の上で寝るとは、器用な娘だ。

「う～ん、どうやって帰ろう？」

困った雨妹は鈴鈴を揺すってみるが、「ムニャムニャ」と何事か呟《つぶや》くだけで、起きる気配を見せない。鈴鈴が酔っ払ってしまっては、まず壁から降りるのが難儀だなと頭を悩ませる。

「しばしそこで待て……着替えてくる」

すると立勇がそう言って壁から降りた。どうやら宦官《かんがん》立彬に変身してくるらしい。

――疲れている所なのに、お世話をかけます……。

というわけで雨妹が言われた通りに待っていると、壁のこちら側に立彬として現れた。

「まず、鈴鈴の身柄を寄越《よこ》せ」

梯子を上った立彬はそう言って鈴鈴を片腕に抱えて降ろし、それに続いて雨妹も梯子を降りる。

地面に着いたところで、立彬が困ったような顔で告げてきた。

「雨妹、鈴鈴を背負えるか？」

「いいですけど、どうかしましたか？」

立彬が鈴鈴を背負いたがらない理由がわからず、雨妹は首を捻《ひね》る。

「少々汗の臭いがとれていないので、それで背負うのは可哀想《かわいそう》に思ってな」

立彬のこの告白に、雨妹は「なるほど」と納得する。

立彬はいつもはそうした臭いをさせない男であるのに、今日は急いで身支度をしたせいで汗が残ってしまったのだろう。それが立彬は、自分で許せないのかもしれない。

――気遣いな人だなぁ。

雨妹は感心するやら呆《あき》れるやらだが、とにかく鈴鈴の身柄を引き受ける。

さすがに同じくらいの体格の鈴鈴を背負うのは、子供を背負うようにはいかないので、雨妹は持っていた布で鈴鈴を支えると、「よいしょっ」と背負って歩き出す。

幸い、鈴鈴が住まう太子宮の場所は舞台から近いので、さほど歩かないでたどり着いた。

立彬の後について太子宮に入ったものの、奥まで行かずとも鈴鈴の同僚の宮女に遭遇できた。雨妹が「お酒を飲んで寝てしまった」と事情を話すと、「あらまぁ」と驚いた様子ながらも鈴鈴を引き受けてくれた。

太子宮で働き始めたばかりの頃の鈴鈴はきつく当たられていたようだったが、今では周囲と良好な関係を築けているようだ。

——鈴鈴は真面目だし、頑張り屋さんだしね！

それに小動物系であるので、つい可愛がりたくなる雰囲気があるのが鈴鈴なのだ。

本来ならば、立彬ともここで別れるのだろう。

「では、次はお前を送っていこう」

やはり立彬がそう言ってきたので、雨妹は「手間をおかけします」と頭を下げる。

雨妹も夜暗くなってから宿舎を離れてウロウロすることが普段ないので、夜道はさすがに怖く、「一人でも平気だ」とはとても言えない。

辺境の夜とは違った怖さが、都の夜にはある。なまじぼんやりとした明りの街灯があるので、それが余計に暗さを引き立てるのかもしれない。

そんなわけで、雨妹は立彬と二人で宿舎に向かって歩いて行く。

その途中、雨妹はふと気付いた。

——そうだ、立勇様に今日のことを「おめでとう」って言えてないや。

試合に勝ったのは立勇で、今この場にいる立彬である彼に言うのはおかしいかもしれないが、言い損ねたままなのは嫌なので、この際だからと言ってしまう。

「あの、今日はおめでとうございます」

雨妹がそう告げると、立彬は眉間《みけん》に皺《しわ》を寄せた。あまり嬉《うれ》しくなさそうな様子である。

「最後に負けたがな」

そう呟くところを見ると、どうやら剣術大会の最後のおまけの試合が心残りであるらしい。

――これは、なにも言わないで流した方がよかったのかも？

雨妹は失敗したかと口元をグニッと歪《ゆが》めるが、しかし全く触れないのもそれはそれで不自然だろうとも思う。

雨妹はとりあえず、立彬の気分を少しでも上げようと頑張って言葉を綴《つづ》る。

「あの、最後のあれは仕方ないといいますか、陛下に向かって剣を打ち込めただけ立派だったのではないでしょうか？」

「……」

しかし立彬からは前を向いたままで無言が返された。

――父よ、この人にトラウマを植え付けてどうするの⁉　はっちゃけるにしてもやり方があったでしょうが！

確かに強かったし雨妹とて感激したが、その相手に負かされた方の心の傷はいかばかりか？　しかも本日の勝者で、誰もから称賛を受けるべき人であるのに。

勝つにしても、あんなけちょんけちょんのめっこめっこにする必要が、どこにあったというのか？

後でコッソリ抗議の手紙を匿名で送ってやろうかとひそかに考えつつ、今は立彬のために言葉を絞り出す。

「でも、そうだ私、圧倒的強さで勝つよりも、勝ったり負けたりした末の勝利の方が好きですよ、スポ根ってやつです！」

雨妹が両手を握りこぶしにしてグッと力を込めると、それをチラリと見た立彬が「フッ」と微かに笑った。

「『すぽこん』とは、また訳のわからぬことを言う奴め」

――お、反応アリ！

立彬から言葉が返ってきたことにホッとして、雨妹は立彬の顔を覗《のぞ》き込む。

「つまり、次に勝てるように頑張ればいいいってことです！」

片手の拳《こぶし》を突き出すようにして言う雨妹に、しかし立彬は嫌そうな顔をする。

「それはそうなのだろうが。皇帝陛下と戦う機会などもう金輪際なくていい」

バッサリと切り捨てる立彬に、「そうですか？」と雨妹は呟く。

――再挑戦して勝ってスッキリしたくないのかなぁ？

「武人の考えることはわからないなぁ」と首を捻る雨妹は、そう言えば今日の試合で思ったことを言ってみる。

「あのですね、今日の試合を観ていたら、私もなんだか身体を鍛えたくなっちゃいました。棒術とか、武器の棒が手に入りやすくてよくないですか？」

そう言いながら雨妹は棒を振るような仕草をしてみる。

これを見た立彬は、雨妹の額を指で弾いてきた。

「あいたっ⁉」

立彬のちっとも加減をしていない攻撃に、雨妹は涙目で睨む。

そんな雨妹を、立彬はジトッとした目で見下ろす。

「身体作りとしてならばいいかもしれんが、なまじ武器を振るうことでおかしな自信をつけたら、いざという時に痛い目を見るぞ。武器ではなく、箒《ほうき》を握るので満足しておけ」

「はぁ、そんなものですか？」

雨妹が立彬の言わんとすることが良くわからずにいるので、彼はさらに語る。

「ちょっと武芸を齧《かじ》っただけなのに、己は十分に実戦で通用すると勘違いしてしまう輩がいるものだ。暴漢の類に襲われたら逃げればいいものを、良いところを見せようと立ち向かって、結果大怪我で済めばいいが、命を危うくする」

「……なるほど、なんかわかるような気がしてきました」

立彬の具体的な例えに、雨妹は自分に当てはめて想像してブルリと震える。

──確かに、齧っただけっていうのが一番怖いもんね。

本当に齧った程度で危ないことを経験していないので、怖いもの知らずになってしまうのだ。そういう経験は、雨妹にも前世で覚えがある。

「箒運動くらいにしておきます」

「そうしておけ。あとは逃げ足を鍛える走り込みをするといい」

雨妹が結論付けるのに、立彬がそう付け加えた。

そんな話をしながら、雨妹はふと夜空を見上げる。

「あ！　見てください、お月様がだいぶ明るいですねぇ！」

雨妹が指差す方を、立彬も見上げた。

「確かに、もうじき満月か」

立彬は月を見てそう零す。

あの月が満ちた頃が、中秋節である。

＊＊＊

剣術大会の賑《にぎ》わいから明けた、翌朝。

立勇は昨日の試合の余韻が身体に残っているものの、いつもの仕事はやってくる。宦官姿で明賢の世話をするのも、いつも通りだ。

「やあ、昨日はおめでとう、という言い方が合っているかな？」

朝の支度を終えた明賢が立勇を見るなり、お茶を飲みながらにこやかな表情でそう言ってきた。

「……なにも言わないでくださると、ありがたいです」

これに立勇は可能な限りの無表情で、そう告げる。

最後の御前試合で皇帝である志偉が降りてきて剣を握るなんて、誰が想像していただろう？　そしてあれほど徹底的に負かされ、一体誰が立勇を勝者だと認識しているだろう？　なにより立勇本人が、全く勝者であるという実感がない。

「そう?」

明賢が苦笑気味に頷くので、立勇の内心を察しているのだろう。

「君には若干不本意な終わり方だっただろうが、これで宮城は今日からピリッとするだろうね。父上はあんな大きな場であえして人目を引いてみせたのだし、皇帝が変わったという事実が広く知られたのではないかな?」

こう明賢が話す通り、剣術大会の後の皇帝陛下を称える声が止《や》むことはなかった。

なにせ最近志偉がやる気のなさを消して精力的になったものの、それは志偉に謁見できるごく一部の人間だけが知るところであったのだ。朝政に出ている者たちとて、「この皇帝陛下のやる気がいつまで続くのか?」と半信半疑であっただろう。ましてや朝政に出る資格のない者たちには、ほとんどが「やる気のない皇帝陛下」という認識のままであったはずだ。

だが昨日の最後の試合で、志偉は存在感を示してみせた。つまり志偉は、立勇に釘《くぎ》を刺すこととの一石二鳥を狙い、見事人心を掴《つか》んだのだ。

――あの後も、皇帝陛下がいかに素晴らしいかを言い合う大会のようだったしな。

打ち上げでの近衛の年寄り連中の盛り上がり方が激しくて、同じ話が繰り返される長話に付き合わされて辟易《へきえき》したものだ。その年寄り連中に捕まったおかげで、雨妹の回収が遅れたのだから。

その雨妹が志偉の変わった原因であるなどと、誰も知らないだろうけれども。

立勇が昨日のことを振り返っていると、「そうだ」と明賢が声を上げた。

「実は剣術大会の後、李将軍から興味深い内緒話を聞いたのだけれどね」

そう切り出した明賢によると、雨妹に李将軍が接近するきっかけとなった明《ミン》という男について、話が聞けたという。

立勇も明について詳しく知らなかったのだが、彼は志偉のお忍びに随行するほど信頼された男であり、志偉の頼みで張《チャン》美人の辺境追放に護衛として同行していたというのだ。

尚且《なおか》つ明は、志偉と張美人のお忍び外出に同行するうちに、張美人に密《ひそ》かに恋をしていた。それに気付いていた李将軍は、明がそのまま二人で駆け落ちするものだとばかり思っていたらしい。

「それなのに一人で帰ってきたものだから、とてもびっくりしたそうだよ」

そう語られた内容に、立勇は色々情報が多くて混乱しそうだが、つまり明は、もしかすると雨妹の父親になっていたかもしれない人物だったのだ。そしてこの話は、雨妹にも教えられたはずだという。

——それにしては、雨妹があまり明様に対して情を見せないのは何故だ？

以前に志偉と明賢の話を盗み聞きしていた時、雨妹は涙を流した。あの飄々《ひょうひょう》としている娘にも、肉親の情というものがあったのかと意外に思ったものだが、その反応と比べると雲泥の差だ。

立勇の疑問はともあれ、明賢が話を続ける。

「李将軍は当然張美人と面と向かって会ったことはなくても、父上とお忍びで外出しているのを遠目に見たことがあるらしくてね。雨妹を見て、その素性にピンときたそうだよ」

それなのに李将軍よりもよほど張美人を知っていて、その娘とも接していたであろう明の方は、雨妹を見た時に張美人の幽霊が出たと思って恐慌状態に陥るばかりで、娘のことは全く思い出さない様子だったというのだ。

雨妹が「知り合いの話」というやり方で第三者目線で語った際に、子供について言及されて初めて思い出したようだと、李将軍は言っていた。そしていつまでもウジウジしているなと言わんばかりに、雨妹が怒鳴りつけたという。

「……明様のそれは、いくらなんでも薄情なのではないですか？」

立勇はそう言って眉《まゆ》をひそめる。

明は赤子の雨妹と辺境までの長くて苦しい旅路を共に過ごしたのだろうに、その存在を忘れてしまっていたとは。志偉は明と同じように赤子の姿しか知らなくても、雨妹を見てすぐに辺境で死んだとされる娘の存在を思い出したというのに。

「李将軍も不可解だと言っていたよ。恋した女の娘だろうに、思い出さないなんてことがあるのかとね」

そう告げる明賢が憂いのある顔をして茶を飲み、喉《のど》を潤している。

「なるほど、雨妹の明様への当たりが妙に強いのは、そのあたりが原因でしたか」

立勇はそう言って納得した。

なんだかんだでお節介焼きな雨妹であるのに、明の病状は気にするのに明自身については無関心なのは、それなりの恨みがあるということか。だがそれも当然のことで、そこで相手を許せるならばそれこそ仙女と呼ばれるだろう。

張美人と明と雨妹の、三人での辺境への旅路はどのようなものだったのか？　過ぎたこととはいえ、少々気がかりになるのはなにも立勇だけではなかったらしい。

「わたくしはその明という殿方がどのような人柄なのかは存じませんけれども」

これまで黙っていた、共に李将軍から話を聞いた秀玲が、そう言ってきた。

「張美人側の気持ちを想像しますに、張美人にとっては辺境への追放も、自分に恋してくれる殿方との二人旅だったのではないでしょうか？」

「うん？」

秀玲の言わんとすることが完全には理解できないのか、明賢が怪訝《けげん》そうな顔で立勇を見るが、立勇も「わからない」とばかりに首を横に振る。

「どういうことかな？」

明賢に促され、秀玲が口を開く。

「わたくしは張美人の人となりをそれほどよく知りません。ですが皇后陛下や四夫人を始めとする百花宮に生きる方々と、出自が庶民であった張美人とは、有り様が違ったのだと思います。皇后陛下や四夫人が陛下に求めるのは御家の繁栄で、張美人が陛下に求めたのは『恋』だったのでしょう」

百花宮に入れられた女たちは家を背負って皇帝に侍《はべ》り、皇帝の寵愛《ちょうあい》は家の隆盛を約束するものだ。

一方で、張美人にはその背負う家はない。だから彼女は、一人の女として皇帝という身分の志偉という男と出会い、そして恋をした。志偉との恋が成就した先に産まれた子供は、張美人にとっては恋の証《あかし》であったのだろうと、秀玲は語る。

「張美人は恋に生きる女だったということかい？　確かに、そうした物語が好まれていることは知っているけど……」

明賢が戸惑うのが、立勇にも理解できる。

百花宮での男女の仲は、恋という感情とて片隅には存在するのかもしれないが、それのみでは成り立たないものだ。恋よりも権力、それが百花宮に生きる女が望むものだろう。

「そうであるならば、張美人が明との辺境への旅路で、自分を労《いた》わり守ってくれる明殿に恋情を抱いてもなにも不思議はないですわ」

男たちの戸惑いをそのままに、秀玲がそう続ける。

しかし苦しい旅路で咲いた張美人と明との恋では、皇帝との子供が異物となった。

明が子供を可愛がっていれば話は違ったかもしれないが、明にとって子供はあくまで皇帝の御子であり、おいそれと触れていい存在ではない。そうなると子供がいる限り、明は張美人に恋の気持ちを返してはくれない。

子供さえいなければ、明は自分の手を取って逃げてくれるのではないか？　いや、そもそも子供が生まれなければ皇帝との恋の時間が続いていただろうと、張美人はそう考えてしまったのではないだろうかと、秀玲は話す。

「嫌な話ですが、新しい男と添い遂げるのに子供が邪魔になって捨てるなんてことは、世間でもよく聞くものです」

そして明も、新たな恋に溺《おぼ》れる張美人の世話の方が大事で、赤子の世話は他の誰かを雇ったのかもしれない。なにせお坊ちゃん育ちの明に、赤子の世話ができるはずがないのだから。

張美人と明の二人して赤子に全く構わなかったから、記憶に薄かったのではないか？

秀玲の残酷ともいえる想像に、立勇は言葉が出てこない。

『その女性は、もっと生きていれば可愛い盛りの我が子を愛《め》でてデレデレになれたのにと、あの世で精一杯悔しがっていればいいんですよ！　でないと、懸命に生きている人たちに失礼です！』

そう怒鳴りつけたという雨妹のその内心を、立勇は思う。

――雨妹は、薄々気付いていていたのか。

尼寺について早々に命を自ら断ってしまった母が、娘である自身を愛していなかったということに。

「私が覚えているのは、幸せそうに雨妹を抱く張美人の姿だったけど。女性というのはわからないものだね」

明賢はかつてを思い出し、なにか苦いものが喉に引っかかっているような顔をしている。

「そんな中で、あのように雨妹が真っ直ぐな気性に育ったことは、奇跡的なことですわ。だからこそ、子を持つ一人の母として、あの娘が可哀想で、これから幸せが多からんことを願わずにはいられません」

秀玲もそう言って憐《あわ》れみの表情を見せる。

その母に辺境まで連れ添った男までも、自身の存在を覚えてすらいなかったと知った雨妹の嘆きや怒りは、いかばかりだっただろうか？　それまでの過酷であっただろう人生を思い出し、恨みや憎しみで溢《あふ》れたのか？　そう考えた立勇だったが。

――いや、違うな。

雨妹の顔が脳裏に浮かんだ立勇は、即座に否定する。

雨妹という人間は、憎しみなどという腹が満たされるわけでもない感情に時間を費やす質ではないだろう。

立勇とて、最初は雨妹のことを志偉へ復讐《ふくしゅう》するためにやってきたとばかり考えていた。しかし、あの娘はこれまで、そのような恨み言を一つも漏らしていない。親からの仕送りをお裾《すそ》分《わ》けする鈴にも、嫉妬《しっと》するわけでもない。

もしかして、気持ちを押し隠して全く違う感情を演じることが天才的に上手いのかもしれないが、これまで雨妹を観察していて、その可能性は限りなく低いであろうと思う。

つまり、雨妹にとって親というものはどうでもいい、とうの昔に切り捨てた存在だったのだ。雨妹は親に捨てられたのではなく、雨妹が親を捨ててやったのだろう。

流されるままに受動的に生きることを拒み、辺境という厳しい土地で逞《たくま》しく育ったのであろう雨妹の姿を想《おも》うと、その在り様は確実に張美人ではなく、志偉に似たに違いない。

「雨妹ならば、そのようにこちらが気を揉《も》むまでもなく、己の幸せは自力で引きずり寄せるでしょうよ」

立勇が告げると、これを聞いた明賢と秀玲が顔を見合わせる。

「ふふ、そうかもしれないね。確かに、あの娘はそういう娘だよ」

そして明賢が笑みを漏らしながらそう話すのに、立勇はさらに言う。

「美味い月餅《げっぺい》を贈れば、とたんに幸せな笑みを浮かべるでしょう。雨妹は中秋節を楽しみにしているようでしたので」

「まあ、ならば都で評判の店から、月餅を取り寄せるように手配しておきますわ」

秀玲が手を叩《たた》いてそう提案し、明賢とどの店の月餅がいいかととたんに賑《にぎ》やかに話しているが、その月餅を持っていくのはきっと立勇だ。

――さて、賑やかな中秋節になりそうだな。

立勇は内心でそう独りごちた。

終章　お月見

とうとう雨妹《ユイメイ》が待ち望んだ中秋節となった。

今年の中秋節は天気に恵まれていて、美しい満月の姿が期待できそうだ。

満月の出番まではまだまだある夕暮れの時刻だというのに、宮女の宿舎がある食堂前の広場ではたくさんの灯籠《とうろう》が灯されていて、複数設置されている卓を囲む宮女たちが、それぞれに談笑していた。

その中の一人である雨妹がいる卓の上には、中秋節ならではの御馳走《ごちそう》が並んでいる。

これまで数回収穫作業に立候補して手に入れた栗が入った月餅や、先日屋台で見たかぼちゃ饅《まん》頭《じゅう》を参考に作った月餅、甘薯《かんしょ》入りの月餅と、月餅だけでも雨妹も手伝って美娜《メイナ》が色々と作ったものが載っていた。

これが辺境で作られていた巨大月餅ではなく、小さな掌《てのひら》程度の大きさで、食べやすくてとてもいいのだ。

あと月餅以外だと、鴨《かも》を焼いたものがあった。

――くぅ～っ、どれも美味《おい》しそう！

雨妹は幸せの光景に感激する。

秋の美味しいものを食べながらお月様を愛《め》でるとは、なんて風流なのだろうか？　今世でこれほどの御馳走に囲まれた中秋節は初めてで、雨妹は作ってくれた美娜が月に住まう天女様に見えてきた。

キラキラした目で卓を見つめる雨妹に、美娜が苦笑を漏らす。

「ほらほら阿妹《アメイ》、見てばっかりいないで食べな」

「はぁい、では早速！」

美娜に促され、雨妹は早速月餅に手を伸ばす。

まずは自分の労力が多分に入っている栗月餅からだ。

香ばしく口当たりの良い皮に包まれた餡《あん》はしっとりとしており、その中にある小さく砕かれた栗がしっかりと主張していて、甘さもちょうどいい。

「――うん、栗月餅おいしぃ〜♪」

とたんに、雨妹はフニャリと表情を緩ませる。

「栗の粒感を残したんだが、イケるだろう？」

美娜も同じく栗月餅を食べながら、「うんうん」と頷《うなず》いている。

「こっちの瓜《うり》月餅も美味しいよ？　瓜って種しか食べたことなかったけど、実を蒸《ふ》かせば結構甘くなるのがあるって初めて知ったよ」

美娜が初挑戦のかぼちゃの月餅を勧めてくる。

こちらは餡がかぼちゃそのままで、なんだか懐かしい気持ちになる。きっと美娜のことだから、これでかぼちゃ料理を考えてくれることだろう。

——美娜さん、ぜひいつかかぼちゃプリンの開発を！

雨妹はそんな期待に胸を膨らませつつ、月餅ばかりを食べていては口の中が甘くなるので、たまに鴨もつまんだりしていると。

「やっているな」

そう言いながら現れたのは、包みを提げた立彬《リビン》であった。

「あ、立彬様、中秋節おめでとうございます！」

雨妹はまず、中秋節の挨拶《あいさつ》を述べる。

「満月の祝福が届くよう、お祈り申し上げる」

立彬も挨拶を返してきたが、それにしても立彬の挨拶はなんだかお洒落《しゃれ》だ。

「立彬様、太子宮でも中秋節のお祝いをしているのではないんですか？」

雨妹がそう尋ねると、立彬は眉《まゆ》を上げる。

「あちらは長丁場だからな、ずっと張りついていることもあるまい」

「なるほど」

——お偉い人たちは夜型人間だしね。

夜に寝るのが早い宮女と違って、あちらは中秋節の宴《うたげ》がまだ始まってすらいないのかもしれない。

そんな風に考える雨妹に、立彬が持っている包みを差し出してきた。

「これは土産だ。お前のことだ、月餅は種類が多い程いいかと思ってな」

なんと、立彬は月餅を持ってきてくれたそうだ。さすが立彬、雨妹のことをわかっている男である。

雨妹は受け取った包みを早速開くと、中には箱が二つ入っていた。

一つはお洒落な箱であり、それに詰められた月餅もまたお洒落な見た目であった。花が模されている形で、焼き印で凝った模様が押されている。

――きっと太子殿下からだよね、コレって。

立彬が個人的にどこかで手に入れたものである可能性とてあるが、それよりもそちらの可能性の方が高いだろう。

もう一つの素朴な箱のものは、少々大きめの月餅が入っていた。こちらは前の箱のものと比べて見た目が簡素で、明らかに庶民のために作られたものだろう。

「こちらは近衛のあの台所番からだ。『もし会う機会があるのなら』と預かってきた」

「へぇ、そうなんですか!」

まさかあの台所番の彼が月餅をわざわざ用意してくれるとは、嬉《うれ》しい限りだ。先日から彼には貰《もら》ってばかりなので、お返しをしたいところでもある。

「あ、そうだ! 立彬様、お返しにこっちの月餅を詰めたものを、帰る時に持って行ってもらえたりできますか?」

これを聞いた立彬は、眉を上げてみせる。

「近衛の台所へか? 遠くはないし構わんぞ」

「ありがとうございます！」

立彬が頷いてくれたので、雨妹は箱に入った月餅を皿に出すと、その箱に自分も手伝った月餅を詰め直していく。

――なんだかお中元とかお歳暮みたい！

雨妹は作業をしながらそんなことを思い、一人「ふふっ」と笑う。

ちなみに同じようにして、陳《チエン》にも作った月餅を箱に詰めて昼の間に届けている。雨妹は月餅のやり取りを辺境ではできなかったので、こうしたことでも楽しいのだ。

ちなみに、この箱に入った月餅が立勇《リーヨン》の姿で近衛の台所に届けられた際、「宮女から貰った月餅」ということで台所番の中で奪い合いになるのだが、そのあたりの事までは雨妹の知るものではない。

それにしても、月餅に囲まれるとは幸せの光景である。どの月餅もそれぞれに特徴があって、どれもが美味しい。

雨妹がホクホク顔で新たな月餅にかぶりついている横で、美娜が立彬に卓の上の月餅を勧めている。

「立彬さんよ、コレなんか新作だよ。阿妹が瓜の実の饅頭を食べたっていうから、それを参考に作った瓜の実月餅だ」

「ほう、それは新しい」

立彬がかぼちゃ月餅に手を伸ばし、頬張る。

「うむ、ほんのり甘いな」

「だろう？　瓜にも色々あるんだねぇ」

立彬と美娜が頷き合っている。どうやらかぼちゃは人気を徐々に上げていきそうだ。

そんな風に、この場が月餅祭り会場となっていると。

「月見の席に、交ぜてもらってもよいかな？」

ふいに男の声が聞こえた。

「あ、はい……⁉」

雨妹が声のした方を見てギョッとする。

視線の先には、手荷物を持った楊《ヤン》に連れられた宦官《かんがん》の杜《ドウ》がいたのだ。

「む、ゴホッ……⁉」

ちらりと杜の姿を見た立彬が食べていた月餅で咽《むせ》かけているので、雨妹は背中を撫《な》でてやる。

「大丈夫ですか？　白湯《さゆ》を飲みます？」

心配する雨妹を、立彬がギロリと睨《にら》む。

立彬がその目で訴えようとしていることは、こちらだってわかっているつもりだ。

「……なにも言わないでください。あちらは宦官の杜様という方であるらしいですので」

この説明にもなにか言いたそうな立彬だが、そこはぐっと呑《の》み込んだらしい。

まあ「あんな怪しい宦官いるか！」などと、立彬様が言えるはずがないだろう。そんなことを言えば、言葉が自分に向かって超高速で返ってくるのだから。

——楊おばさぁん、お月見に誘う人は選ぼうよ！

雨妹は恨めし気な視線を楊に向けるものの、彼女と全く視線が合わない。どうやら言い訳は一切しないつもりのようだ。

しかし来てしまった人を追い返すようなことが、下っ端宮女である雨妹にできるはずもない。

一方で美娜は、見知らぬ宦官の姿に目をパチクリしている。

「おや、宦官が増えた。楊さんの知り合いかい？」

「……まあね。せっかくだから一緒に月見をと思ったのさ」

呑気《のんき》に尋ねる美娜に、楊がそう答えた。

「そうかい！　こういうのは大勢の方が楽しいってもんさね！」

これを聞いた美娜がそう言って笑うと、近くから卓を引っ張って来て楊と杜の分の席を作る。

――美娜さんって、大物だなぁ。

その様子を見て、雨妹は感心する。

美娜はおそらくは皇帝の容姿を間近で見たことがないために、杜に対する疑念が湧かないのだろう。それにしても、この宦官はちょっと宦官にしては迫力というか、威圧感というか、「なんとなく怖そう」という感じを抱いてしまう男なのだ。

この違和感は立彬とて同じなのだが、杜はそれよりももっと違和感が強い。

――オーラを隠せていないっていうか、そもそも隠そうとしていないっていうか……。

立彬が一応は宦官のフリをしようと努力しているらしいのに対して、杜は見た目を誤魔化しただけという感じで、そのあたりが違うのだろう。

立彬は先日の剣術大会の件がまだ尾を引いているのだろう、杜から距離を取ろうと移動しようとしたが、その杜からギロリと睨むようにされると、動きを止めてその場に留《とど》まった。どうやら圧に負けたらしい。

——立彬様、頑張って！

雨妹はなにに対しての応援なのかわからないけれど心の中で立彬に声援を送り、それから杜の前の卓に月餅《げっぺい》を並べる。

「このあたりは美娜さんお手製で、私もちょっと手伝いました！」

そう言って胸を張る雨妹に、杜が目を細める。

「ほぅ、これはまた美味《うま》そうな月餅であるな。そうか、お主も手伝ったのか……ありがたくいただこう」

杜はそう言いながら月餅を手に取ると、指先で千切って口に入れた。ずいぶん上品な食べ方である。

食べたのは、かぼちゃ月餅だ。

「これは、なんだ？　わからんが美味いな」

「そりゃあ瓜だよ」

首を捻《ひね》る杜に、美娜が説明する。

「ほう、甘い瓜があるとは知らなんだ」

「瓜の仕入れ先によると、南方の瓜だそうだよ」

そう話す杜は、そのかぼちゃ月餅を千切っては食べるを繰り返す。どうやら気に入ったようだ。

――やったねかぼちゃ、この国で一番偉い人（推定）に食べてもらえたよ！

この瞬間はもしかすると、かぼちゃの崔《サイ》国制覇の第一歩かもしれない。

雨妹がかぼちゃの出世をわが事のように喜ぶ。

「こちらは立彬様が持ってきてくださったもので、こちらは近衛の台所から貰った月餅なんですよ」

他の月餅も紹介すると、杜が「ほう？」と鋭い目でその月餅を見つめる。

「近衛の台所とは、さような所と交流があったのか？」

「はい、あちらの台所番とちょっとした縁ができまして。美味しい料理を作る人でした！」

雨妹がそう話すと、杜が「ふむふむ」と頷いている。

「こら雨妹、余計な話をするものではない」

するとそこへ、立彬がそうヒソッと耳打ちしてくる。

「あちらの台所が憐《あわ》れなことになったらどうする？」

「なんですか？　それ」

ただ「美味しいものをくれるいい人だった」という報告をしたつもりである雨妹は、立彬の言わんとすることがいまいちわからず、首を捻ってしまう。

「だからだな……」

立彬がなんと言ったものかという顔をした時。

「ウォッホン！」

そこへ杜が咳《せき》ばらいをした。

「実は、我も月餅を持って来たぞ」

こう切り出してから杜が榻を見ると、彼女は持っていた手荷物の包みを卓の上に置いた。

「甘い月餅はたんとあると榻に聞いていたのでな、肉詰めのものにした」

そう告げてから開けられた中にはもちろん、焼き目も美しい月餅が入っている。

その一つを手に取って雨妹は驚く。

「あ、焼き立てですか⁉」

月餅は通常、しばらく寝かせてしっとりさせたものを食すのだが、これは生地がまだカリッとしているではないか。

「そうだ、我は焼き立てが好きなのでな」

杜のそんな通のような発言に、雨妹はなんとなく「大人だ！」と感心してしまう。

焼き立てなんてものは恐らく、皇帝であったら食べられないだろうに。この男、今の立場を最大限に楽しむつもりのようである。

そんなまだカリカリの月餅を、雨妹はハムッと齧《かじ》って、また驚く。

——ピリッとする！

辛みを感じると同時に、香りが鼻に抜ける。どうやら香辛料が味付けに使われているようだ。

この国では、香辛料は外国から取り寄せる高価なものだ。地味に見えて、きっと最も高価な月餅はこれだろう。

「すごい、新しい、美味しい！」

思わずその場で足踏みをして感動を表現するのに、美娜も「そうかい？」と手を伸ばす。

「雨妹よ、わかったから足をジタバタするのを止《や》めなさい」

立彬は雨妹にそう注意して、しかしこちらは杜の月餅に手を伸ばさない。さすがにこの状況で飲み食いするには、喉《のど》を通らない様子である。

「ん～、美味しい、幸せ～！」

美味しさに感激するあまり、注意されてもどうしてもジタバタしてしまう雨妹の足については、この場では見逃してもらうことにする。

「……やはり『あちら』と違って、ずいぶんと活《い》きがいいな」

ボソッと呟《つぶや》いた杜の声は、幸いなことに雨妹の耳に届かない。

百花宮の秋の夜は、こうして更けていった。

Fin

あとがき

まずは「百花宮《ひゃっかきゅう》のお掃除係」五巻を手に取っていただき、ありがとうございます！

今回作中の季節が秋ということで、秋の雰囲気てんこもりでお届けいたしました。

五巻が発売された頃はもう冬でしょうが、もしかして季節がおかしくなってうっかり秋が続いていたら、それは雨妹の食い気のせいかもしれません……！


このあとがきを書いている今は九月の半ばですが、まー今年も色々ありました。なにが驚きって、お盆の季節に大雨が一週間くらい降ったことですかね。

おかげで我が家的には初の、お盆のお墓参りをしないという事態になりました。代わりに秋のお彼岸にお墓参りしようということで。

……お彼岸は大丈夫なことを祈ります。

この時季は台風が来ることはあっても、こんな大雨ってないですよね。あれか、梅雨が期間だけは長かったけれど実際の雨があんまり降っていなかったから、その辻褄《つじつま》合わせだったとか？

季節っていうのは普通通りに過ぎてくれるのが一番なんですよね。暑さも寒さも、普通に来ないと後で酷《ひど》い目に合うのですねぇ。

その雨のせいでしょうか、今年はセミの鳴き声を聞いた期間が短かったなぁという気がします。セミたちもこの夏に向けて長い間待ちに待った出番だったでしょうに、出番が少ないとかなんか憐《あわ》れですね……。

そんなお天気の近況ばかりですが、作者は元気に過ごしていますよ！　こんな世の中ですので、田舎に引きこもりっぱなしですがね。基本引きこもり体質なもんで、大したストレスなく過ごせています。

皆様もストレスフルな生活続きでしょうが、「百花宮」を読んで笑ってストレス解消になってくれるといいなと思います。

最後に、またまた元気可愛《かわい》い雨妹を描いてくださったしのとうこ様、ありがとうございます！

そして、コミカライズ版はshoyu様のステキイラストにて連載中です！

私、あの雨妹デフォルメ絵がとても好きでして（笑）。それに雨妹が食べているのを絵で見ると、「太るよ!?」って教えてやりたくなりますね……！　文章で書くよりも、絵で見る方がカロリーが気になってびっくりするんですよねぇ。

でも、雨妹はまだまだ美味《おい》しいものを食べることでしょう！

そうそう、こちらもお知らせしておかなければ！

現在、本作品についての読者アンケートが実施されております。

左の二次元コードを読み取るとアンケートに飛びますので、そこで「誰それが好き」などの読者様の気持ちをぶつけていただけると、もれなく作者が喜びます（笑）。

https://kdq.jp/hyakka5atogaki

それでは、皆様とまた次巻でお会いできることを願って。

カドカワBOOKS

百花宮《ひゃっかきゅう》のお掃除係《そうじがかり》 5
転生《てんせい》した新米宮女《しんまいきゅうじょ》、後宮《こうきゅう》のお悩《なや》み解決《かいけつ》します。

2021年12月10日　初版発行

著者／黒辺《くろべ》あゆみ

発行者／青柳昌行

発行／株式会社KADOKAWA

〒102-8177
東京都千代田区富士見2-13-3
電話／0570-002-301（ナビダイヤル）

編集／カドカワBOOKS編集部

印刷所／暁印刷

製本所／本間製本

●お問い合わせ
https://www.kadokawa.co.jp/（「お問い合わせ」へお進みください）
※内容によっては、お答えできない場合があります。
※サポートは日本国内のみとさせていただきます。
※Japanese text only

Printed in Japan
ISBN 978-4-04-074351-6 C0093

新文芸宣言

　かつて「知」と「美」は特権階級の所有物でした。

　15世紀、グーテンベルクが発明した活版印刷技術は、特権階級から「知」と「美」を解放し、ルネサンスや宗教改革を導きました。市民革命や産業革命も、大衆に「知」と「美」が広まらなければ起こりえませんでした。人間は、本を読むことにより、自由と平等を獲得していったのです。

　21世紀、インターネット技術により、第二の「知」と「美」の解放が起こりました。一部の選ばれた才能を持つ者だけが文章や絵、映像を発表できる時代は終わり、誰もがネット上で自己表現を出来る時代がやってきました。

　UGC（ユーザージェネレイテッドコンテンツ）の波は、今世界を席巻しています。UGCから生まれた小説は、一般大衆からの批評を取り込みながら内容を充実させて行きます。受け手と送り手の情報の交換によって、UGCは量的な評価を獲得し、爆発的にその数を増やしているのです。

　こうしたUGCから生まれた小説群を、私たちは「新文芸」と名付けました。

　新文芸は、インターネットによる新しい「知」と「美」の形です。

2015年10月10日
井上伸一郎

百花宮のお掃除係
新米宮女、後宮のトラブルも呪いも人間関係も
医療チートで全部解決しちゃいます!!
コミックス
2巻
発売中!
shoyu
原作:黒辺あゆみ
キャラクター原案:しのとうこ
FLOS COMICにて
好評配信中!
Comic Walker内
フロースコミック
公式サイトはこちら

第6回カクヨム
Web小説コンテスト
恋愛部門 特別賞
璃寛皇国
ひきこもり瑞兆妃伝
日々後宮を抜け出し、
有能官吏やってます。

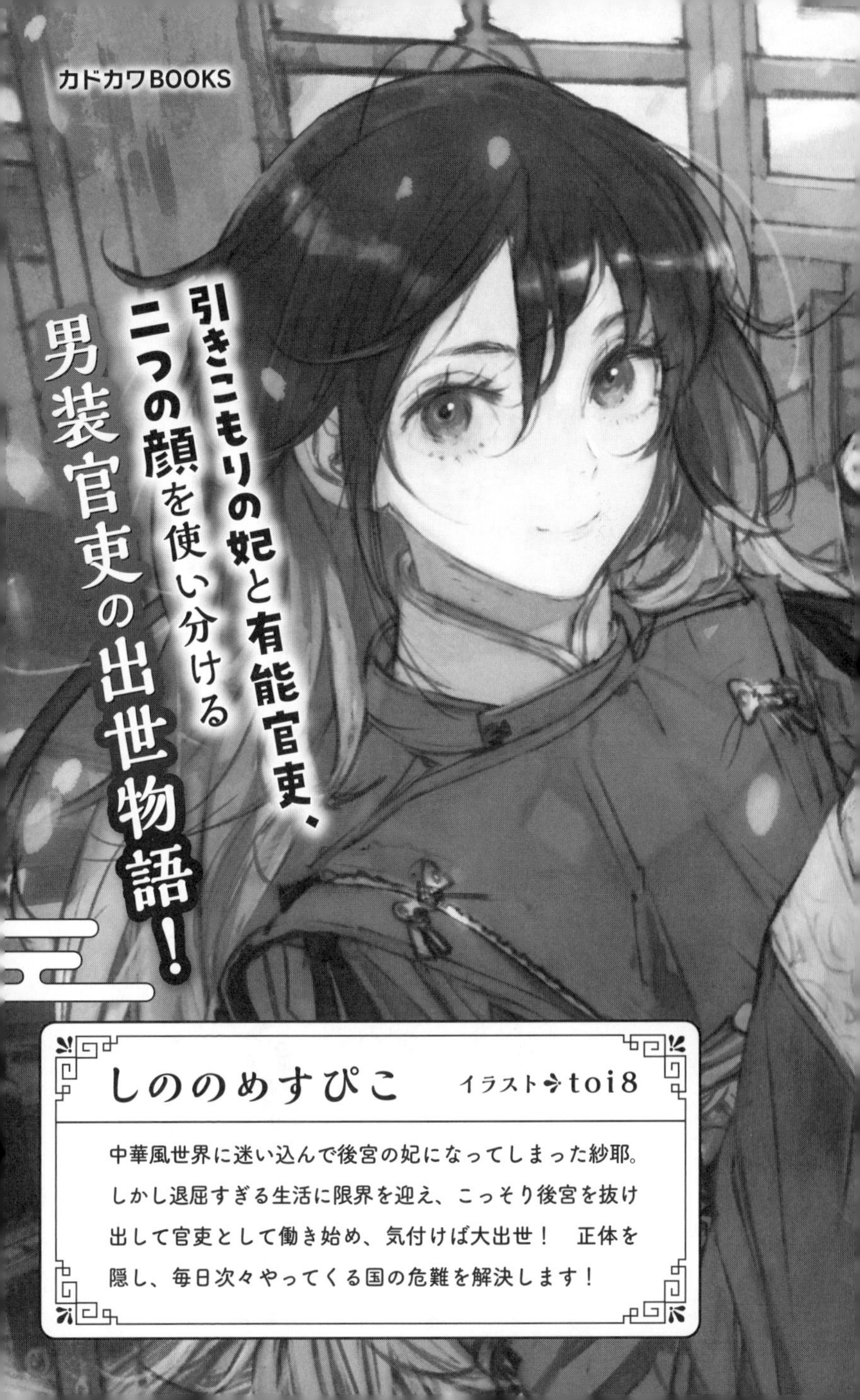
カドカワBOOKS
引きこもりの妃と有能官吏、
二つの顔を使い分ける
男装官吏の出世物語！
三
しののめすぴこ
イラスト toi8
中華風世界に迷い込んで後宮の妃になってしまった紗耶。
しかし退屈すぎる生活に限界を迎え、こっそり後宮を抜け
出して官吏として働き始め、気付けば大出世！　正体を
隠し、毎日次々やってくる国の危難を解決します！

王都の外れの錬金術師
～ハズレ職業だったので、のんびりお店経営します～
yocco
イラスト＝純粋
★シリーズ好評発売中！★
魔導師の家系なのに、ハズレ職の錬金術師と判定されたデイジー。が、希少な「鑑定」持ちの彼女にとって、実は天職だった！　職人顔負けの高品質ポーションを量産する腕前は、国の技術を軽く凌駕していて……!?

カドカワBOOKS
ハズレ職だけど
家族や精霊に支えられ、
ほのぼの
モノづくり生活！
WEBデンプレ
コミックほかにて
コミカライズ連載中！
漫画：あさなや

カドカワBOOKS
コミカライズ
スキル『台所召喚』はすごい!
～異世界でごはん作ってポイントためます～
漫画:紫藤むらさき
B's-LOG COMICS 全2巻
大好評発売中!

異世界転生したら、
家族が最強すぎるのですが！
……って私もか！
カドカワBOOKS

重版続々！
シリーズ好評発売中！
奇跡に詠唱は要らない――
気弱で臆病だけど最強な
魔女の物語、書籍で新生！
B's-LOG COMIC
ほかにて
コミカライズ
連載中！
サイレント・ウィッチ
沈黙の魔女の隠しごと
依空まつり　イラスト／藤実なんな
無詠唱魔術を使える世界唯一の魔術師〈沈黙の魔女〉モニカは、超がつく人見知り!?　人前で喋りたくないというだけで無詠唱を使う引きこもり天才魔女、正体を隠して第二王子に迫る悪をこっそり裁く極秘任務に挑む！
カドカワBOOKS